Written on the Body

写在身体上

〔英〕珍妮特·温特森 著
周嘉宁 译

北京联合出版公司

新经典文化股份有限公司
www.readinglife.com
出 品

献给亲爱的佩吉·雷诺兹

感谢唐和鲁斯·伦德尔热情提供写作的空间。感谢菲利帕·布鲁斯特在编辑工作中给我的启发。感谢在乔纳森·凯普出版社工作的所有同仁,你们为这本书付出了很多努力。

为什么要用失去衡量爱情？

三个月没有下雨了。树木勘探着土壤，将树根扎进干燥的地面，根茎像剃刀一样切开所有水脉。

藤蔓上的葡萄已经干枯。它们本该饱满紧实，抵抗着想要把它们放进嘴里的触碰，现在却松软如囊泡。今年我无法再感受到那种用食指和拇指捏转一枚蓝紫色葡萄，手掌就弥漫汁水香气的快乐。就连黄蜂都躲开这棕色的细流。今年，就连黄蜂都这样。这并不常见。

我想起某个九月：斑鸠红纹蝶金橘丰收夜。你说："我爱你。"为什么这句我们能够对彼此说出的最无新意的话，却仍然是我们最想听到的？"我爱你"永远是一句引用。你不是第一个说出这句话的人，我也不是，而当你我说出它时，我们就像是找到了三个字并崇拜它们的原始人。我确实崇拜过它们，但现在我孤独地待在一块从我自己的身体凿落的石头上。

凯列班：你教我讲话，我从中得到的益处只是知道如何咒骂；但愿血瘟病瘟死了你，因为你要教给我你的语言。①

爱情需要表达。它不会保持静止，保持沉默，美好，谦恭，只需观望而无须倾听，不会。赞美的话会从舌尖滑出，尖利的声调会使玻璃破裂，液体四溅。爱情不是温和的生态保护者。它是追逐猛兽的猎人，而你就是这场狩猎游戏。这场游戏已被诅咒。当游戏的规则一再改变，你又如何坚持？我该称自己为爱丽丝，与火烈鸟玩槌球游戏。在仙境里所有人都在欺骗，而爱情就是这片仙境，不是吗？爱情让世界运转。爱情是盲目的。你所需要的只是爱情。没有人会死于心碎。你会好起来的。结婚后会不一样的。想想孩子们。时间是治愈伤口的良药。你还在等待真命先生？真命女士？或许还有那些真命小可爱？

---

① 语出自莎士比亚《暴风雨》第一幕，译文参考了朱生豪译本。

是陈词滥调惹的祸。明晰的感情需要明晰的表达。如果我所感受到的并不明晰，那我是否还应该称之为爱情？真可怕，爱情，我所能做的就是把它塞进装满粉色玩偶的促销商品陈列柜，并且给自己寄一张写着"订婚快乐"的贺卡。不过我并没有订婚，我扯得太远了。我绝望地望向另一边以躲避爱情的目光。我渴望稀释的情节，随意的语言，微弱的姿态。那把陈词滥调的松垮扶椅。这没什么，在我之前，曾有千万个屁股坐过这把扶椅。弹簧疲劳老化，布料发臭破烂。我不需要害怕，看，我的祖父祖母也曾坐过这把椅子，他穿着硬领衬衫打着领带，她则裹着白色棉布上衣，衣服因腹中生命而稍显紧绷。他们坐过，我的父母坐过，现在轮到我了，不是吗，我伸出胳膊，不为拥抱你，只为保持身体的平衡，梦游般地走向那把扶椅。我们将多么快乐。所有人都将多么快乐。他们从此幸福地生活在一起。

八月一个炎热的星期天。我在河流浅滩戏水，小鱼在太阳下晒出肚皮。河岸两侧，葱翠的草地已经让位于斑斓的莱卡紧身短裤和夏威夷衬衫组成的迷幻水彩泼墨画。他们按家庭惯常的模式聚在一起；爸爸摊开报纸，妈妈身陷保温瓶之间。孩子们瘦得像海滨棒糖和海滨粉彩糖。妈妈看见你蹚入水中,便从条纹折叠凳上起身。"你真该为自己感到羞耻,有这么多家人在这儿呢。"

你笑着挥手,你的身体在清澈透绿的河水下发光,河水迎合着你的身体,环抱着你,忠诚于你。你翻过身,乳头轻轻擦过水面,河流用水珠装饰你的头发。你如奶油般光滑鲜亮,除了你的头发,你从两侧披挂下来的红色头发。

"我要叫我丈夫来收拾你。乔治,过来,到这儿来。"

"你没看到我正在看电视吗?"乔治头也不回地说。

你站起来,银光闪闪的水流淌过身体。我什么都没有想,走进水里,吻了你。你的胳膊拥住我灼热的背脊。你说:"这里,只有我们。"

我抬头望去,河岸空空荡荡。

你小心翼翼,尽量不说出那几个很快变成我们私密圣坛的字。以前我说过很多次,把这几个字像硬币般扔进许愿池,希望它们会让我出口成真。我曾经说过很多次,却从来没有对你说过。我把它们像勿忘我一样送给尚未懂事的女孩们。我使用它们犹如射出子弹,并以此作为交换。

我不愿意把自己想成不真诚的人,可是如果当我说我爱你时,我却并不那么想,难道我不正是这样的人吗?我会不会珍惜你,爱慕你,为你着想,为你完善自己,注视着你,永远眼中有你,永不欺骗你?而如果爱情并不是这些东西,那么爱情又是什么?

八月。我们争吵。你希望爱情每天如此,不是吗?哪怕在阴影里也保持着九十二度。这样强烈,这样炙热,太阳如同圆锯割穿你的身体。这是因为你来自澳大利亚吗?

你没有回答,只是用你冰冷的手指握住我滚烫的手,身穿亚麻和丝缎衣裳,从容地大步向前。我觉得可笑。我穿着短裤,一只裤管上印有"重新回收"字样。我隐约记得,我曾有一个女朋友,她认为在公共纪念碑前穿短裤非常粗鲁。我们约会时,我会把自行车锁在查令十字街口,去公共厕所换好衣服,然后才到纳尔逊纪念碑[①]旁与她见面。

"干吗要折腾?"我说,"他只有一只眼睛。"

"我有两只。"她说着,吻了我。用吻来结束无逻辑的对

[①] Nelson's Column,位于英国伦敦的特拉法尔加广场中央,为纪念著名海军将领霍雷肖·纳尔逊而建。在一次战役中,他失去了一只眼睛。

话是错误的，但我自己却一直这么做。

你没有回答。为什么人们需要答案？我想部分是因为，如果没有一个答案，不管是什么答案，问题本身就会开始显得愚蠢。试想在课堂上提问加拿大的首都是哪里。底下的眼睛瞪着你，漠不关心，充满敌意，还有一些则望着其他方向。你又说了一遍。"加拿大的首都是哪里？"你在静默中等待，十足的自讨苦吃，你开始怀疑自己。加拿大的首都是哪里？为什么是渥太华而不是蒙特利尔？蒙特利尔要好多了，那里的特浓咖啡更好喝，你有个朋友住在那儿。不管怎么说，谁在乎哪里是首都，或许明年就换了个地方。或许格洛丽亚今晚会去游泳。如此等等。

还有更大的问题，不只有一个答案的问题，这些问题若得不到回答，则更难在沉默中得到解决。一旦问出，它们不会凭空消失，让大脑自行平静地沉思。一旦问出，它们就有了维度和质地，将你在楼梯上绊倒，让你在夜里惊醒。它们像黑洞般吸收着周围的一切，就连光也无从逃脱。那么最好是什么都不问吗？做一只满足的猪，也好过当不开心的苏格拉底吗？但既然工厂化养殖对猪比对哲学家更严苛，那我要冒个险。

我们走回出租房，躺在其中一张单人床上。从布莱顿到曼谷，在那些租来的房间里，床罩永远与地毯不搭，毛巾也总是太薄。我把一条毛巾放在你的身体下面以保全床单。你在流血。

我们租了这个房间，这是你的主意，为了有更多的时间在一起，而不仅仅是一顿晚饭、一个夜晚或是在图书馆后喝一杯茶。你仍处于婚姻中，尽管我没有太多顾忌，却也知晓应对这种神圣的状态有所尊重。我曾经觉得婚姻不过是一面平板玻璃窗，只等着某块板砖将其击碎。自我展示，自我满足，虚情假意，紧张窒息，小心拘谨。两对夫妇外出就像是在合演哑剧里的滑稽马①，男人们一起走在前面，女人们紧随其后。男人们从吧台买杜松子酒和汤力水，女人们拿着她们的手袋一起去化妆间。并非一定要这样，但大部分情况确实如此。我见识过好几段婚姻。我未曾沿教堂走道步入婚姻殿堂，而总在琐碎生活中有所耳闻。我开始意识到，每次我听到的都是相同的故事。事情总是如此。

---

① Pantomime horse，由两个披在一件戏服里的演员配合表演，一个演员站着表演马的头和前腿，另一个弯腰扶住前者的腰，表演马的身体和后腿。

房间里。下午。

卧室。窗帘半垂。床单凌乱。一个赤裸的中年女人躺在床上，盯着天花板。她想说些什么。她有些语塞。一台卡带录音机里正在播放埃拉·菲茨杰拉德①的《唱布鲁斯的女人》。

赤裸的女人：我想告诉你我很少这样做。我猜想这就是所谓的出轨。（她笑了。）我从没这么做过。我想我也不会再这么做。我是说和其他人。唉，我还想再和你做。一次又一次。（她翻身俯卧。）你知道的，我爱我的丈夫。我真的爱他。他跟其他男人不一样。不然我不会嫁给他。他和别人不一样，

---

①埃拉·菲茨杰拉德（Ella Fitzgerald，1917–1996），美国歌手、演员。爵士"第一夫人"，爵士乐史上最伟大的人物之一。

我们有很多共同点。我们交心。

　　她的情人用手指抚摸着她光裸的嘴唇。趴在她身上，注视着她。没有说话。

赤裸的女人：如果我没有遇见你，我想我一定仍在寻找着什么。我或许已经得到了开放大学①的学位。我没想过会像现在这样。我永远都不希望他有一丝担心。这就是为什么我不能告诉他，为什么我们必须谨慎。我不想那么残酷，那么自私。你明白的，对吗？

　　她的情人起身去浴室。赤裸的女人用手肘撑起身体，望向浴室，继续她的独白。

赤裸的女人：别太久了，亲爱的。（她停顿了一下。）我总是试图将你驱出我的脑海，却无法使你脱离我的身体。我

---

① The Open University，依据英国皇家法令于1969年6月正式成立的一所有权授予学位的独立自治大学，是目前世界上唯一一所以远程教学为主要教学方式的研究型大学。

每日每夜都想念着你的身体。当我试图读书时，我读的是你。当我坐下来吃东西时，我吃的是你。当他抚摸我时，我想的是你。我是一个幸福的已婚中年女人，可我眼前全都是你的面容。你到底对我做了什么？

　　场景切换到浴室。情人在哭泣。此幕结束。

　　要相信你，只有你，美妙的情人，能对我有如此影响，其实有恭维之嫌。同样，要相信如果没有你，尽管婚姻也许不够完美，在很多方面显得可悲，但是它也会在贫瘠的日常中生长，即使不丰腴，至少也不会枯萎，这也美化了现实。它现在已经枯萎了，瘫软在那里，被废置不用，留下一具婚姻的空壳，原本的寄居者双双逃走。但人们会收藏壳类，不是吗？他们不吝金钱，把这些壳类放在窗台上展示。其他人则赞美它们。我曾见过些名声昭著的贝壳，还往更多的壳中吹过气。被我破坏得太严重以致无法修补时，主人们便只是将损坏的部分转向暗处。

　　看到了吗？哪怕是在那么私人的地方，我的语言也成为欺骗的牺牲品。我不曾做过那些事情：掐断索链，撬开锁，卷走不属于我的东西。门本来就开着。真的，她也没有自己打开那扇门。是她的管家替她开的。他的名字是厌倦先生。她说："厌倦先生，拿个玩物给我。"他说："好的，太太。"然后戴上他的白手套，这样当他敲击我的心房时，就不会留下指纹，而我把他的名字听成了爱情。

你以为我在逃避责任？不，我知道我做过什么，也知道那时我正在做什么。但是我不曾步入教堂走道，在登记办公室的门口排队，并且发誓至死不渝。我不敢。我不曾说："以戒指之名，你我结合。"我不曾说："以身体之名，你我相爱。"你怎么能够对一个人说着这些，又与另一个人欣然做爱？你难道不该像当初许下诺言那般，坦诚相告，结束婚约吗？

令人困惑的婚姻，向公众展示并免收门票，暗地里却让位于秘密的私通和不贞的勾当。

我曾有一个情人，名字叫芭丝谢巴。她是个幸福的已婚女人。我感觉我们两个在一起时，就像是在驾驶潜水艇。我们都不能告诉朋友，至少她不能告诉她的朋友，因为她的朋友也是他的朋友。而我也不能告诉我的朋友，因为她不让我这么做。我们就这样在用铅和爱做内衬的棺材里不断沉没，越陷越深。她说,诚实已经变成了一件我们负担不起的奢侈品,因而撒谎变成了一种美德,一种我们常需实施的俭省。诚实带来伤害,所以撒谎变成了一件好事。有一天我说:"我要亲自去告诉他。"那是我们在一起两年以后。那两年之中我一直在想,她最终,最终,最终一定会离开他。而她说出的却是"丑恶"这个词。把这一切告诉他太丑恶了。丑恶。我想起被铁链锁在凹凸不平的石头上的凯列班。"但愿血瘟病瘟死了你,因为你要教给我你的语言。"

后来,当我从她那双关语和共济会标志的世界里解脱出来时,我真的变成了贼。过去我从未偷过她的东西,她会把她的家什摊在毯子上让我挑选。(每样东西的标价都在后面的括号里。)我们分手后,我想拿回我的信。她说版权归我,所有权归她。她说我的身体也是如此。或许爬进她的杂物间拿回我留下的东西是不对的。东西很好找,都塞在一只大包里,包上有个乐施会①的标签,上面写着,在她死后归还给我。做得好;到时候他毫无疑问会看到这些信,而她那时已经不在,不必为之承担后果。我会读到吗?可能吧。做得真妙。

---

① Oxfam,一个与政府部门、社会各界及贫困人群合作的组织,意在解决贫穷问题,让贫困人群得到尊重和关怀。

我把它们拿到花园里，一封一封地烧掉，我想，毁掉过往是多么容易，忘记，却是多么难。

我有没有说过，这样的事情一次又一次地在我身上发生？你会以为我就这样不断地进出已婚女人的杂物间。我确实乐于登高，但对深渊却毫无兴趣。会深陷那么多次真是奇怪。

我们躺在出租房的床上，我喂你吃瘀青颜色的李子。大自然丰沃却多变。今年它让你饱尝饥饿，明年又用爱将你扼杀。那一年树枝被果实压折，这一年它们在风里轻吟。八月了，李子还没成熟。我的记忆含糊不清，是不是搞错了什么？或许我该称之为包法利夫人的眼睛，或者简·爱的裙子。我不知道。现在我在另一间出租房里，试图找到一个出口，回到事情出错的地方，我出错的地方。你在驾驶前行，而我却迷失于自己的航路。

尽管如此，我会继续前行。我将手边的李子碾碎在你身体上。

你说："为什么我使你害怕？"

害怕？是的，你确实使我害怕。你表现得好像我们会永远在一起。你表现得好像世界上有无穷的快乐和无尽的时间。我又怎会知道？在我的经验里，时间总有停止的一刻。理论上来说，你是对的，量子物理学家是对的，浪漫主义者和宗教信仰者是对的。时间没有尽头。可事实上，我们都戴着手表。如果我行色匆忙，急于奔向这段关系，那是因为我害怕。我害怕你有一扇我看不见的门，而这扇门随时会打开，你会消失。然后会发生什么？当我拼命敲打墙壁，如同宗教法庭在寻找圣人时，会发生什么？我能在哪里找到秘密通道？对我来说，依然只是那四面墙。

你说："我要走了。"

我想，是的，你当然要走了，你要回到空壳里。我是个白痴。我总是重蹈覆辙，并且一再说我再也不这么做了。

你说："在我们来这儿之前，我已经告诉了他。我告诉他就算你改变主意，我也不会变。"

这是错误的脚本。这个时刻我本该表现得自以为是，怒气冲冲。这个时刻你本该泪流满面，哭着告诉我要说出那些话是多么艰难，你别无他法，无计可施，问我会不会恨你，是啊你知道我会恨你的，这并不是一个问句，因为这是既成事实。

但是你注视着我，像是上帝注视着亚当，你的眼神充满爱意、占有欲和骄傲，使我感到羞赧。我想现在就离开，用无花果叶遮蔽身体。我还没有准备好，我还做不到，而这是我的罪恶。

你说："我爱你，我对你的爱让其他任何一种生活都变成谎言。"

这会是真的吗，这句简单直白的话，还是我就像那些遭遇海滩的船员，抓住空空如也的漂流瓶，急切地朗读出并不存在的话？而你无处不在，像精灵一样摇身一变，体积足有原来十倍大，矗立在我跟前，如山壁般拥我入怀。你的红色头发闪闪发光，你说："许三个愿望吧，它们都会成真。许三百个愿望吧，让我为你一一实现。"

那天晚上我们做了什么？我们一定是相互搂抱着，走到了一家咖啡馆，把它当作教堂，点了一份希腊沙拉，如同品尝了一顿婚宴。我们碰到一只愿意当伴郎的猫，我们的捧花是摘自运河边上的仙翁花。两千来位客人出席了我们的婚礼，大部分来宾是蚊虫小蝇。我们自觉足够成熟，可以放任自我。

能够躺在月光下做爱本该很好,但事实是,如果不是在电影和西部乡村音乐里,在户外只有被蚊虫叮咬的份。

我曾经有个女朋友,她总是沉迷于星光满布的夜晚。她认为床属于医院。任何一个既没有弹簧垫子又能做爱的地方都是性感的。给她一床被褥,她就只会打开电视。我们用在露营地、独木舟、英国铁路火车和俄航飞机上做爱解决了这个问题。我买了蒲团,甚至买了健身垫。我不得不在地板上铺了加厚毛毯,走到哪儿都带着一条苏格兰花格毯,把自己搞得像个激进的苏格兰民族党党员。最后,当我第五次去医生那里拔掉蓟刺时,他对我说:"你知道的,爱情是很美妙,但是有些诊所是专门为你这样的人准备的。"如今,如果你的医疗档案里写着"性变态",这是很严重的事情,有些羞辱的话只是因为一段过分的恋情。我们不得不分手,尽管她的某些方面令人想念,然而走在郊外时,我再也不用把每处灌木看作潜在威胁了,这确实很令人愉快。

露易丝,在单人床艳丽花哨的被单上,我要找到一张寻宝游戏中的地图。我要探索你,深掘你,而你也将按照你的意愿重新绘制我的地界。我们将跨过彼此的边界,融为一个国家。我是沃土,用你的双手捧住我。品尝我,让我变得甜美。

六月。史上最潮湿的六月。我们每天做爱。我们像马驹般雀跃,像兔子般顽皮任性,像鸽子般纯洁地追逐愉悦。我们从不思考如此生活的意义,也没有时间讨论。我们尽情挥霍所有时间。那些短暂的日子和更短暂的几个小时是对神的小小献礼,这位神无法满足于灼热的身体。我们以彼此为食,而后再次感到饥饿。也有如人工湖般宁静的轻松时刻和平静瞬间,然而咆哮的潮水始终在我们身后。

有人说性在一段关系中并不重要,是友情与相处伴随你们在岁月中前行。毫无疑问,这是句忠诚的宣言,可它是真实的吗?我自己其实已经有了这种感觉。一个人在做了多年的浪荡子,除了空空如也的银行账户和一沓欠条般泛黄的情书外一无所有后,就会有这种感觉。我受够了蜡烛、香槟、玫瑰、拂晓的早餐、越洋电话和冲动的飞行。这些我都做过,为的只是逃脱热巧克力和暖水瓶。这些我都做过,因为我觉得炙热的火炉肯定好过中央供暖。我想,当时的我无法承认自己被困在了陈词滥调里,和我父母家门口的那些玫瑰一样老套。我总是在寻找完美的结合,从不休眠也从不停止的强烈高潮，无尽的狂喜。我深陷装着浪漫的泪水桶。确实我的桶要比大多数人的更富有活力，而且我一直有辆跑车，但我却无法加速到脱离现实生活。那个邻家女孩最后总会拉住你。事情就是这样发生的。

那时我正与一个叫英奇的荷兰女孩处于一段感情的尾声。她是个坚定的浪漫主义者和无政府女权主义者。这让她很难办，因为这意味着她不能炸掉美丽的建筑。她知道埃菲尔铁塔是个象征着阳具压迫的丑陋标志，但是当她的指挥官命令她炸了那里的电梯，好让人们无法轻易登上象征勃起的建筑时，她的脑袋里却满是年轻的浪漫主义者俯瞰巴黎，拆开写有 Je t'aime① 的航空邮件的场景。

我们去卢浮宫看雷诺阿②的展览。英奇用游击队的帽子和靴子来装扮自己，以防被错当成游客。她认为她的门票花得值当，因为她是来做"政治研究"的。"看看那些裸体女人，"她说，尽管我并不需要敦促，"到处都是身体，赤裸的，受辱的，暴露的。你知道那些模特能够拿到多少报酬吗？还不够买条

---

① 法语，意为我爱你。
② 皮埃尔·奥古斯特·雷诺阿（Pierre Auguste Renoir, 1841–1919），法国印象派画家，晚年画过很多裸体女性。

法棍面包。我该把这些画布从框里扯出来,然后呼喊着'抵抗万岁'入狱。"

雷诺阿画的裸体女人根本不是世界上最好的,但尽管如此,当我们走到他的《女面包师》前,英奇还是哭了。她说:"我恨它,因为它打动了我。"我没有说暴君就是由此而来,我说:"这与画家无关,而是因为画本身。忘了雷诺阿,只关注于画。"

她说:"你不知道雷诺阿声称他用自己的阴茎作画吗?"

"别担心,"我说,"确实如此。但当他死了的时候,人们发现他的两只蛋中间就只剩下一把旧刷子而已。"

"你在胡说。"

是吗?

最终我们带着塞姆汀塑胶炸药去了一些仔细挑选过的男厕小便池,解决了英奇的审美危机。它们都是混凝土做的半圆形营房①,毫无美感,完全为阴茎服务。她说,在这场通往新母系社会的斗争中,我不适合当助手,因为我心存疑虑。这是重大的冒犯。尽管如此,导致我们分开的不是恐怖主义行动,而是鸽子……

---

① Nissan hut,用复合不锈钢材弯曲成圆筒形状搭建而成的小屋,在二战时期常被美国军队用作军营和基地。

我的任务是头罩英奇的一只长筒袜闯入男厕。这个举动本身可能不会吸引太多注意力，男厕是相当自由的场所，但紧接着，我得警告那些并排站着的男人，如果他们不立刻离开，他们的蛋蛋就会被炸飞。一个常出现的情形是，我会看见五个男人手握自己的阴茎，注视着面前污渍斑斑的陶瓷小便池，仿佛那是圣杯一般。为什么男人什么事情都喜欢一起做？我说（引自英奇）："这个小便池是父权的象征，必须要摧毁。"然后（用我自己的话）说："我女朋友刚刚装好炸药，接通电源，能不能请你们快点完事？"

这种情况下你会怎么做？阉割和死亡的威胁难道不能令一个正常男人赶紧擦干他的老二滚蛋吗？他们没有。一次又一次，他们只是轻蔑地抖抖尿滴，交换几条赛马的内幕消息。我是个温和的人，但是我不喜欢被粗鲁地对待。我发现干这活带把枪很有帮助。

我从写有"重新回收"的短裤腰带里掏出枪来（是的，这条短裤我穿了很久），把枪管对着离我最近的老二。这引起了一点骚动，有个人说："你是疯了还是怎么了？"他说着，拉起裤链，落荒而逃。"把手举起来，伙计们！"我说，"别，不许碰你的老二，它得自己风干了。"

此时我听到《深夜陌生人》的前奏。这是英奇的信号，告诉我不管进展如何，我们都只有五分钟了。我示意那些迟疑的鸡巴男们赶紧出去，然后自己拔腿就跑。我必须钻进被英奇当作藏匿点的移动汉堡贩卖车里。我窜到她身旁，从圆面包之间向男厕望去。这是一次美妙的爆炸。一次华丽的爆炸，对于一堆细颈瓶子引发的爆炸来说过于精彩了。我们是为了更公平的社会而战斗的恐怖分子，孤独地站在世界边缘。我想我爱她，可接着却发生了鸽子的事情。

她禁止我打电话给她。她说电话是为接线员，也就是没有地位的女人准备的。我说那好，我给你写信。她说这也不对。邮政部门是由剥削非工会劳动力的暴君运营的。那我们怎么办？我不想住在荷兰，她不想住在伦敦。我们俩怎么交流？

鸽子，她说。

这就是我租下皮姆利科妇女协会阁楼的原因。我既不十分喜欢也不怎么讨厌这个妇女协会。它是第一个反对含氯氟喷雾剂的组织，协会成员们做难吃的维多利亚海绵蛋糕，但这些我都不怎么在乎。重要的是，她们的阁楼大致朝着阿姆斯特丹的方向。

我知道现在你们一定会怀疑我作为叙述者是否值得信任。为什么我不干脆与英奇分手,去单身酒吧喝一杯?答案是英奇的乳房。

它们并不十分坚挺,不是女人可以当作肩章拿来炫耀的那种乳房。它们也不是处于青春期的花花公子所幻想的那样。它们经历了时间的洗礼,开始屈从于重力的持续作用。她皮肤是棕色的,乳晕颜色更深些,乳头像两颗黑珠子。我称它们为我的吉卜赛姐妹,但不会当着她的面这么说。我真诚而明确地崇拜它们,不是因为它们可被当作母亲的替代品,也不是因为子宫精神创伤,只是因为它们自己。弗洛伊德并不总是对的。有时候,乳房只是乳房,只是乳房。

六次,我拿起电话。又有六次,我把电话放下。她很可能不会接。要不是因为她妈妈住在鹿特丹,她早就让人把电话线给掐断了。她从来不解释她怎么知道打来电话的是她妈妈而不是接线员,或者打来电话的是接线员而不是我。我想跟她说话。

那几只鸽子、亚当、夏娃和"快吻我",都没能够飞到荷兰。夏娃飞到了福克斯顿。亚当半途而废,去特拉法尔加广场生活了,这是纳尔逊的又一次胜利。"快吻我"很怕高,这对鸟类来说是个缺陷，但是妇女协会把它当作了她们的吉祥物，给它重新起了个名字叫布狄卡①。如果它没死的话，它现在应该还待在那里。我不知道英奇的鸽子最后都怎么了。它们从没有飞到我这儿来。

然后我遇见了杰奎琳。

我要在新公寓里铺地毯，一对朋友过来帮忙。他们带来了杰奎琳。她是其中一个人的情妇，也是这两个人的密友，像一只家养宠物。她用身体与同情心来换取五十英镑，用这笔钱挺过周末并在星期天美餐一顿。这真是野蛮而又文明的安排。

我买了间新公寓，想从一段让我得了淋病的肮脏关系里挣脱出来，重新开始。我的器官并没有问题，这是情感上的淋病。我不能对别人敞开心扉，以免传染给他人。这间公寓很大，原本废置着。我希望我能在重建它的同时，重塑自己。那个让我得了淋病的女人依然与她的丈夫住在他们优雅的房子里，但是她偷偷资助了一万英镑给我买房。她认为这是借款。而我认为这是事后抚恤金。她想要用钱来摆脱良心的指

---

①拉丁语：Boadicea，古不列颠爱西尼人的王后和女王，领导了不列颠诸部落反抗罗马帝国领导的起义，失败后服毒自杀。

控。我原本打算再也不见她,但不幸的是,她是我的牙医。

杰奎琳在动物园工作,照顾那些对游客不太友善的毛茸茸的小家伙。付了五英镑的游客对那些害怕得要躲起来的小家伙并没有太多耐心,而杰奎琳的任务就是摆平一切。她能够应付家长、孩子、动物以及各种突发事件。她当然也能应付我。

她来的时候,整洁漂亮却不时髦,精心打扮却并不浓妆艳抹,她声音单调,眼镜滑稽。我想,我和这个女人没什么可说的。在经历了英奇,以及与牙医芭丝谢巴短暂而沉沦的关系之后,我不能再从任何一个女人身上预见欢乐,尤其是被发型师打理得很糟糕的女人。我想,你可以去沏茶,我会和老朋友们就伤心往事开玩笑,然后你们三个一起回家,为自己做了好事而开心,而此时我将打开一罐扁豆,用收音机听《科学此刻》。

可怜的我。没有什么比沉溺在这件事里更让人觉得甜蜜,不是吗?沉溺是抑郁症患者的性爱。我应该记住祖母的格言,她把它讲给苦难者,作为对他们的精神关怀。对祖母来说,没有痛苦的两难,没有悲伤的抉择,"要么拉屎,要么离开茅坑"。那是对的。至少我现在没屎可拉。

杰奎琳给我做了个三明治，问我有没有需要洗的东西。她第二天又来了，之后的一天也来了。她和我聊起动物园里的狐猴遇到的麻烦事。她带来了自己的拖把。从星期一到星期五，她都朝九晚五地工作，下班后再开着迷你汽车，去读书俱乐部带书回来看。她不狂热，无怪癖，不失控，不搞砸。最重要的是，她单身，而且一直单身。没有孩子，没有丈夫。

我仔细想了想她。我不爱她，也不想爱她。我不渴望她，也完全不能想象自己会渴望她。这些都是她的加分项。最近我才知道原来"坠入爱河"还有另外一种写法："走在海盗船的窄踏板上。"在细长的木板上蒙着眼睛保持平衡，脚下一滑就坠入深不见底的大海，我已经厌倦了这种境况。我想要陈词滥调，我想要那把扶手椅。我想要康庄大道，我想要正常视力。这有什么错？这就是成长。或许大部分人会给他们舒适的生活镀上一层浪漫的色彩，但这色彩很快就会磨损褪去。长期存在的是浪漫逝去后的生活：渐宽的腰身和位于郊野的半独立式住房。这有什么错？一起在深夜看电视，并肩打鼾步入千禧年。直到死亡把我们分开。与爱人一起过周年纪念日，这有什么错？

我仔细想了想她。她没有奢侈的品位，对葡萄酒一无所知,从来没有想过要去听歌剧,并且还爱上了我。我没有钱,也没有斗志。这真是一场天造地设的绝配婚姻。

当坐在她的迷你汽车里吃中餐外卖时,我们达成一致,认为彼此合适。这是个多云的夜晚,我们看不见星星,而且早晨七点半她还要起床工作。我想那个晚上我们可能根本没有睡在一起。第二天晚上,我生了火炉,因为十一月的夜晚非常寒冷。我还布置了些鲜花,因为不管怎么说,我想这样做,但是当我要铺开桌布,寻找上好的酒杯时,我不想再折腾了。"我们不是这样的。"我告诉我自己,"我们拥有的生活简单日常,这是我喜欢它的原因。它的价值在于它的整洁。我再也不想过紊乱无序的日子。现在的生活就是盆栽园艺。"

过了几个月,我的心已经痊愈,我不再因为逝去的爱情和不可能的选择而唉声叹气。我已经从沉船事故中生还并且享受着如今崭新的岛屿,这里有冷热循环水,还有按时上门的送奶工。我变成了一个拥护平凡的传道者。我对朋友们宣传单调生活的优点,赞美自己的存在留下的温柔痕迹。那些所有人都说我总会明白的事情,我觉得自己终于明白了:热情属于假期,而不是归乡之日。

我的朋友们比我更谨慎。他们认可杰奎琳,只是这种认可很警惕。他们对待我的态度就像是对待一个守了几个月规矩的精神病患者。几个月?更像是一年。我严格、努力,而且,而且……那个"厌"打头的词怎么说来着?

"你厌倦了。"我的朋友说。

我像滴酒不沾的人偷瞄酒瓶被抓包时一样强烈抗议。我很满足,我已经安定下来了。

"你们还做爱吗?"

"不太多。但是你要知道,这没多大关系。我们偶尔会做爱,当我们彼此都有感觉时就做。我们工作辛苦,并没有那么多的时间。"

"你看着她的时候对她有欲望吗?你看着她的时候真的注意到她了吗?"

我发火了。为什么在我伤心时,我的朋友毫无怨言地忍受一切,而我快乐安定的生活和幸福的海蒂小屋[①]却遭到了他的猛烈攻击?我在脑海中与各种辩白方式争斗。我应该感

---

① 《海蒂》是瑞士著名儿童文学作家约翰娜·斯比丽的代表作。善良纯朴的小姑娘海蒂被姨妈送到山上,与性格古怪的爷爷一起住在小屋里。很快她爱上了山里的一切,却又被姨妈送到城里一户人家去陪伴残疾的富家小姐,虽然衣食无忧,但是女管家非常严厉,女仆也瞧不起她。海蒂想念自由的生活,最终回到了山上的小屋,因此海蒂小屋成了幸福快乐的象征。

到心痛吗?还是感到惊讶?我是不是该一笑而过?我想要说些残忍的话来弥补我的愤怒,并为我自己辩解。但是面对老朋友这太难了;因为它太简单了。我们如同情人般彼此了解,且比情人更坦诚。我灌了杯酒,耸了耸肩。

"没有什么是完美的。"

花蕾里有虫子,那又怎么样呢?大部分花蕾里都有虫。你喷杀虫剂,你焦灼不安,你希望虫洞不要变得太大,你祈祷阳光普照。就让花朵开放吧,没有人会注意到被虫咬得参差的边缘。我就是这样看待我与杰奎琳的关系的。我不顾一切地维持这段关系。我希望这段感情能够因为某些并不高尚的理由而继续;毕竟这是我的最后一搏。我再也不想疲于奔忙。她也爱我,她确实以自己简单不苛求的方式爱着我。我说"不要烦我"时她从不烦我,我对她吼叫时她也不哭,事实上,她会吼回来。她就像对待动物园里的大型猫科动物一样对待我,并十分以我为傲。

我朋友说:"去刁难和你势均力敌的人吧。"

然后我遇见了露易丝。

如果要我画下她的模样,我会把她的头发画成云集的蝴蝶。成千上万的红纹蝶围拢在它们的运动轨迹与光线形成的光晕里。有很多传说是关于女人变成树的，但有没有关于树变成女人的呢？你的爱人让你想起了树，这样说是不是很奇怪？而她就是如此，她的发丝被风吹起并扫过额头的样子让我想起了树。我常常以为她会发出树叶的沙沙声。她没有，但她的身体上有白桦树在月光中洒下的影子。如果能拥有由这样的小树做成的篱笆，赤裸而不加修饰，那该多好。

起初并没有什么问题。我们三个人相处得很好。露易丝对杰奎琳很友善，从未试图挤在我们两人中间，哪怕是以朋友的身份。不管怎么说，她为什么要这样做？她是个幸福的已婚女人，而且十年来一直如此。我见过她的丈夫，一位对病人态度恰如其分的医生，他不起眼，但这也不是个缺点。

"她真漂亮不是吗？"杰奎琳说。

"谁？"

"露易丝。"

"是的，是的。如果你喜欢那种类型的话，她确实算是漂亮。"

"你喜欢那种类型吗?"

"我喜欢露易丝,是的,你知道的。你也喜欢她。"

"是啊。"

她继续看她的《世界野生动物》杂志,我则出去散步了。

我只是去散个步,像往常一样,没有什么特别的地方,却发现自己不知不觉走到了露易丝的家门口。天啊。我在这里干吗?我明明走的是相反的方向。

我按了门铃。露易丝来开了门。她的丈夫埃尔金在书房里玩一个叫"医院"的电脑游戏。他在游戏里给病人开刀,如果出错了,病人会朝他吼叫。

"你好,露易丝。我正好路过,就想着也许能来冒个泡。"

冒个泡,这听起来太可笑了,我是什么?布谷鸟闹钟吗?

我们一起走进门厅。埃尔金从书房里探出头来。"你好。嘿,嘿,太好了。我很快就过来,我这边肝脏有点小问题,好像解决不了。"

露易丝在厨房里递给我一杯喝的,并在我的脸颊上印了一个纯洁的吻。如果她把嘴唇立刻挪开,这本该是个纯洁的吻,但她在礼节性地轻吻一下后,还不易察觉地移动了嘴唇。这花了双倍的时间,尽管其实依然没有多久。除非这是你的脸颊。除非你已经这样想了，并且疑心其他人是否也这样想。她没有表露出任何迹象。我也没有。我们坐着，聊天，听音乐。天黑了，时间过去了，杯子空了，我的肚子饿了，这些我都没有注意到。电话铃突然响起来，铃声响得恼人，我们都惊跳起来。露易丝以她谨慎的方式接了电话，听了一会儿，然后把听筒交给我。是杰奎琳打来的。她非常伤心，没有指责我，却非常伤心，她说："我在想你去哪里了，现在已经快午夜了，我在想你去哪里了。"

"对不起，我现在就去叫出租车，我很快就回来了。"

我站起来，微笑着说："能帮我叫辆出租车吗？"

"我载你回去。"她说，"能见见杰奎琳也挺好的。"

回去的路上我们都没有说话。街道很安静，马路上什么都没有。我们在我的公寓外面停下，我说谢谢你，我们还约好了下个星期找时间一起喝茶，然后她说："我有两张明晚歌剧的票。埃尔金不能去。你想去吗？"

"我们明天晚上应该会一起待在家里。"

她点点头，我下了车。没有亲吻。

我该怎么办？我该与杰奎琳一起待在家里，憎恨这一切，并且启动那个缓慢转动的恨她的马达?我该找一个借口出去吗?还是我该实话实说,然后出去?我不能只顾着自己,恋爱中要有妥协。给予与索取并存。或许我不想待在家里,而她希望我留下来。我应该很高兴这么做,这会使我们的关系更牢固、更甜蜜。当她睡在我身边时,我心里满是这些思虑,而就算她有任何疑虑,她也并没有在那个夜晚显露。我看着她毫无芥蒂地躺在她躺过无数夜晚的床上。这张床会背叛她吗?

到了早上,我情绪糟糕,筋疲力尽。永远兴致勃勃的杰奎琳开着迷你车去了她妈妈家里。中午她打来电话问我,她的妈妈身体不太好,她想留在那里陪她过夜。

"杰奎琳,"我说,"你待在那里过夜,我们明天见。"

我感到如释重负,良心安宁。现在我可以独自待在自己的公寓里,务实一点。有时候最好的伴侣是你自己。

《费加罗的婚礼》幕间休息时,我注意到了旁人向露易丝频频投来的目光。我们被四周的亮片迷了眼,被金首饰弄得头晕目眩。女人们佩戴珠宝如同佩戴勋章。这里有一个丈夫,那里有一次离婚,它们是记录风流韵事的羊皮纸。项圈,胸针，戒指，头冠，得用放大镜才能看清楚时间的镶钻手表。手镯，踝链，散落着珍珠的面纱和比耳朵数量多得多的耳环。这些珠宝由裁剪妥当的灰色西装和时髦的圆点领带陪同着。露易丝经过时，领带们扭动着，西装们收紧肚子。珠宝们朝露易丝裸露的脖子闪烁出警告的光芒。她穿了条简单的苔藓绿丝绸裙子，戴着一副翡翠耳环和一枚结婚戒指。"盯好这只戒指，"我告诫自己，"当你感觉自己要沦陷的时候，记住这只戒指是炙热的，它会把你彻头彻尾地灼伤。"

"你这个该死的白痴，"我的朋友说，"又是一个已婚女人。"

露易丝和我谈论着埃尔金。

"他是正统派犹太教徒出身，"她说，"一方面觉得自己受人欺负，一方面又觉得自己高人一等。"

埃尔金的父母依旧住在斯坦福山上一幢二十世纪三十年代的半独立式住宅里。他们在战争期间非法占用了这幢房子，后来才与房子的主人完成了交易。这家伦敦人战后回来时，发现锁已经换掉了，客厅门口挂了个牌子说："安息日①，勿进。那是一九四六年一个星期五的晚上。星期六晚，阿诺德和贝蒂·斯莫尔夫妇与以扫、萨拉·罗森塔尔夫妇面对面坐在了一起。钱财易了手，或者更确切地说，是一笔相当数量的金子易了手，随后斯莫尔家做起了更大的买卖。而罗森塔尔家开了家药店，拒绝为任何自由派和革新派犹太人服务。

"我们是上帝的选民。"他们这样描述自己。

埃尔金就是在这样卑微而自大的家庭中出生的。他们本想叫他塞缪尔，然而萨拉在怀孕期间参观大英博物馆时，没有被木乃伊打动，却感受到古希腊文明的光辉。这本不必影响萨拉儿子的命运，但是在十四个小时的分娩中，严重的并发症危及她的生命，她流汗不止，神志不清，头扭来扭去，反反复复说着一个词，埃尔金②。憔悴疲惫的以扫在黑色大衣下揉捏着他的祷文披肩，他有着迷信的一面。如果这是妻子的最后遗言，那么它肯定意味着什么，并将成为什么。因

---

① Sabbath，犹太教主要节日之一，犹太人于犹太历每周第七日（从星期五的日落开始，到星期六的日落结束）过安息日。该节日源于《圣经》，上帝在前六天造物完毕后，于第七天休息，并将其定为圣日。犹太人在这一天休息，停止工作。
② 大英博物馆的镇馆之宝之一，为希腊雅典卫城帕特农神庙的石雕，大英博物馆专设帕特农馆，其中陈列的雕像被称为"埃尔金大理石雕"。

此这个词语有了血肉。塞缪尔变成了埃尔金,萨拉也没有死。她活了下来,做了成千上万加仑的鸡汤,每当她用勺子把鸡汤舀进碗里时,她都会说:"埃尔金,耶和华让我留下来服侍你。"

因此埃尔金在成长过程中,一直认为世界应该围着他转,他痛恨爸爸狭小店铺里昏暗的柜台,痛恨和其他男孩们隔绝,却又十分盼望与他们隔绝。

"你什么都不是,你就是粒灰尘,"以扫说,"快点长大,成为男人。"

埃尔金获得了一所私立学校的奖学金。他长得矮小,胸廓狭窄,视力不好,却非常聪明。不幸的是,他出于宗教信仰的缘故无法参与星期六的游戏,在避开欺侮的同时,也孤立了自己。他知道自己强过那些肩膀平直身材笔挺的美少年,他们的英俊容貌和大方举止赢得了好感和尊重。另外,他们都是同性恋,埃尔金曾经看到他们扭在一起,张着嘴,挺着鸡巴。但没有人想要碰他。

埃尔金在辩论社决赛中被露易丝击败时,爱上了她。她的学校距离他的只有一英里,他回家时总会经过。他故意在露易丝离开学校时路过。他对她很温柔,尽力讨好,不卖弄,也不嘲讽。她在英格兰刚刚待了一年，那里很冷。他们都是难民，从彼此身上获得慰藉。然后埃尔金去了剑桥，选择了一所以运动技能闻名的学院。露易丝晚去了一年，那时她刚刚开始怀疑他是个受虐狂。而当他躺在他的单人床上，双腿张开，乞求她用长尾夹对他的阴茎施刑时，这个猜想得到了证实。

"我能受得住，"他说，"我将要成为一名医生。"

同时，在斯坦福山的家里，以扫和萨拉埋头进行了二十四小时的安息日祈祷，猜想陷入红发妖妇情网的儿子身上会发生什么。

"她会毁了他。"以扫说，"他在劫难逃，我们也是。"

"我的孩子，我的孩子，"萨拉说，"他只有五英尺七英寸高。"

他们没有参加在剑桥的登记办公室举行的婚礼。埃尔金把婚礼安排在星期六，他们怎么可能出席？当天，露易丝穿着象牙白的丝绸连衣裙，束着银色发带。她最好的朋友珍妮特拿着摄影机和戒指。婚礼上，埃尔金的好朋友也出席了，但他已经不太记得好友的名字了。他自己穿了件租来的晨礼服，小了一码。

"你看，"露易丝说，"我知道他很可靠，我能够控制他，我是那个能够掌握一切的人。"

"那么他呢，他怎么想？"

"他知道我很漂亮，对他来说是个奖赏。他想要一些抢眼却绝不粗俗的东西。他想跑到全世界面前去说：'看我得到了什么。'"

我想了想埃尔金这个人。他成就卓越，非常无趣，极其富有。而露易丝吸引着每个人，她为他带来关注和门路。她做饭，她装饰房间，她聪明伶俐，最重要的是，她如此美丽。埃尔金性格笨拙，与他人格格不入。别人与他交往时，总对他表现出或多或少的种族歧视。他的同事多半是他的老同学，他打心眼里就看不起这些年轻人。当然他也认识些犹太人，但是据他所说，他们都生活舒适，温文尔雅，崇尚自由。他们不是从斯坦福山来的正统派犹太教徒，不是只有一栋占来的房子帮他们逃离被关进毒气室的命运。埃尔金从不说起他的过去，渐渐地，在露易丝的陪伴下，过去变得与他毫无干系了。他也变得生活舒适，善于交际，温文尔雅。他听歌剧，买古董，拿虔诚的犹太人和犹太逾越节的薄饼①开玩笑，甚至连说话口音都改了。当露易丝劝他与父母联系时，他给他们寄了张圣诞节卡片②。

"是她干的，"以扫在他昏暗的柜台后面说，"自从夏娃犯下罪孽后，女人就受到了诅咒。"

而萨拉终日擦拭、整理、缝补、服侍，感觉到了诅咒的降临，并由此变得愈发迷惘。

"你好，埃尔金。"我朝走进厨房的埃尔金打招呼，他穿着海军蓝色灯芯绒裤（中码）和下班后才穿的维耶勒法兰绒衬衫（小码），靠在炉子旁，对我提了一堆问题。这是他喜欢的交流方式，这种方式意味着他不用暴露自己。

露易丝正在切菜。"埃尔金下个星期要去出差。"她打断了他的滔滔不绝，就像他切断一根气管一样熟练。

"没错，没错，"他兴奋地说，"有一篇论文要递交到华盛顿去。你去过华盛顿吗？"五月十二日星期二，十点四十分，英国航空公司飞往华盛顿的航班跑道清空，准备起飞。埃尔金坐在公务舱里喝着香槟，头戴耳机听着瓦格纳。再见，埃

---

① Matzo，逾越节期间犹太人所吃的一种不发酵的硬面饼。逾越节是犹太人最重要的节日之一。
② 正统派犹太教徒不承认耶稣是救世主，因此不过圣诞节。

尔金。

五月十二日星期二，下午一点。咚咚咚。
"是谁？"
"你好，露易丝。"
她微笑着说："正好赶上午饭时间。"

食物性感吗？《花花公子》定期刊登以芦笋、香蕉、韭葱、小胡瓜、涂了蜂蜜或撒着巧克力碎屑的冰激凌为主题的专题文章。我曾经买过催情身体油，正宗的凤梨椰汁香型，我把它涂满身体，结果我情人的舌头起了疹子。

还有烛光晚餐，目送秋波、穿着马甲的服务员们拿着特大号的胡椒粉瓶子。当然还有海滩上简单的野餐，不过这只适合于浓情蜜意之时，否则掺在布里奶酪中的沙子将令人难以忍受。我一直认为，场合环境最重要，直到我开始与露易丝一起吃饭。

当她把汤勺举到嘴唇边时，我多么希望自己能变成那片无邪的不锈钢片。我愿意用自己身体里的血液来换半品脱蔬菜。让我变成胡萝卜丁、细面条，这样她就会把我送进她的嘴里。我嫉妒法棍,我看着她把它们掰碎,抹上黄油,慢慢地浸在碗里,任其漂浮,渐渐涨开变重,变成深红色,再因其重量而下沉,然后又被捞出,为她提供唇齿间的愉悦。

土豆、芹菜、番茄,都曾在她的手指间逗留。喝汤时,我竭力寻找她皮肤的味道。她曾在这里,一定留下了什么。我将在食用油和洋葱中找到她,通过大蒜觉察到她的存在。我知道她往煎锅里吐口水来试测油温。这是惯用技巧,每个厨师都会这样做,或者曾经这样做过。我知道当我问她汤里有些什么的时候,她抹去了最重要的配料。我会尝到你的味道,就算只能通过你做的食物。

她切开一个梨,这梨是从她的花园里摘来的。她住的地方曾是一片果园,她摘果子的这棵树足有二百二十岁,比法国大革命出现得还早,早得足够让华兹华斯和拿破仑也吃到它的果实。谁曾经到这片果园里摘过果子?他们的心跳是否与我的一样剧烈?她给了我半个梨和一片帕尔玛奶酪。这些果子看遍了世界,也就是说,它们静止不动,而世界便经过了它们。每咬一口都涌出战争和激情,历史就卷在果核和青蛙色的果皮里。

黏稠的果汁顺着她的下巴流下来,我还没来得及帮她,她就自己擦掉了。我看着纸巾：可以把它偷走吗？我的手已经在桌布上缓慢挪动，就像爱伦·坡故事里描绘的某些东西。她碰到我，我惊叫起来。

"我抓伤你了吗？"她既担心又懊悔地说。

"不，你电到了我。"

她起身去煮咖啡。英国人对这类暗示非常在行。

"我们之间会不会产生恋情？"她说。

她不是英国人，她是澳大利亚人。

"不，我们不会，"我说，"你已经结婚了，我也已经与杰奎琳在一起了。我们将会成为朋友。"

她说："我们已经是朋友了。"

我们是朋友，我确实愿意与你待在一起，聊些或认真严肃或微不足道的话题。我不会介意站在你旁边洗碗，与你一起除尘，当你看正面的半张报纸时，我就看背面的半张。我们是朋友，我会想念你，非常想念你，并常常想起你。我不想失去这个快乐的空间，我在这里找到了既聪明又好相处的人，而且我们安排约会日期时，她都不需要查看日程表。在回家的路上，我念叨着这些东西：我脚下坚实的道路、修剪整齐的篱笆、拐角处的商店，还有杰奎琳的车。每样东西都在它该在的地方；情人、朋友、生活、安排。家里，早餐杯子还在原处，我即使闭上眼睛，也知道杰奎琳睡衣的确切位置。基督说想象出轨行为与真的去做一样罪恶，我本以为他说错了，是他过分严厉了。但是现在，站在这个熟悉的不曾被侵扰的地方，我已经永远地改变了我的世界和杰奎琳的世界。她还不知道这一切。她不知道今天地图已被更改。那块她以为属于自己的领土已被吞噬。人们从不曾真的交付自己的心；人们只是时不时地把它借出去。如果不是这样，我们怎么能够问都不问就把它拿回来呢？

我欣然迎接傍晚前安静的时光。没有人会打扰我，我可以泡上热腾腾的茶，坐在自己常坐的位置，然后盼望物体的智慧能够为我带来改变。在这里，被我的桌子、椅子和书围绕着，我无疑将会看到待在同一个地方的必要性。我已经做了太久感情上的流浪者。当初的我难道不是伤痕累累地来到这里，筑起一道围栏来保护这块空间，这块如今被露易丝威胁着的空间？

噢，露易丝，我没有说实话。你没有威胁我，是我在威胁我自己。我小心谨慎、精心营造的生活毫无意义。时间在分分秒秒逝去。我在想，还有多久，争吵就会开始？还有多久，眼泪、指责和痛苦都会开始？还有多久，那块在你失去一件还没有来得及去珍视的东西时，会让你胃疼的石头将出现？为什么要用失去衡量爱情？

这样的序曲和远虑很寻常，但是承认它就意味着抄近路走向我们唯一的出路；激情是个堂皇的借口。你被席卷，别无选择。力量占据你，支配你，你这样做了，但是现在一切都已经过去了，你不能理解，诸如此类。你想要重新开始，等等。原谅我。在二十世纪末，我们仍然指望用古老的恶魔来解释我们最寻常的举动。出轨很寻常，没什么稀奇的，但发生在每一个人的身上时，它却像外星飞船般被一次次地解释。我不能再这样对自己撒谎了，我常常这么做，但这次不行。我清楚地知道正在发生什么，我也知道我是自愿跳出这架飞机的。不，我没有降落伞，但更糟糕的是，杰奎琳也没有。你离开的时候，带走了一个。

我切了一片水果面包。困惑的时候就吃东西吧。我能理解为什么对很多人来说最好的社会工作者是冰箱。我常常对着一杯纯麦卡伦威士忌告解，但这不会在下午五点之前进行。这或许正是我生活中的危机总在夜里爆发的原因。好吧，现在是下午四点半，我吃着水果面包喝着茶，全心想着如何掌控露易丝,而不是掌控我自己。是食物在犯下罪过。再也不可能有比现在更不浪漫的时刻了,但葡萄干和黑麦的酵母味比《花花公子》的香蕉更刺激我。这只是时间的问题。我在奔出这扇门之前挣扎一个星期是否会显得更高尚?还是我现在就该去收拾牙刷?我正淹没于必然发生之事中。

我打电话给一个朋友,他建议我像水手一样在每个港口都找一个妻子。如果我告诉了杰奎琳,我便会将一切都毁了,而这是为了什么呢?如果我告诉了杰奎琳,我将给她造成无法愈合的伤害,而我有这个权利吗?或许我只是得了两个星期的狗瘟,我会渐渐康复,然后回到我的狗窝。

有理智。有常识。乖狗狗。

茶叶渣的形状暗示着什么呢?除了个大写的 L 什么都没有。

杰奎琳回家时,我吻了她,说:"真希望你闻起来没有动物园的气味。"

她很吃惊。"我没有办法,动物园就是那么难闻。"

她立刻去洗了澡。我给她倒了杯喝的,心想我多么厌恶她穿的衣服，多么讨厌她一进门就打开收音机。

我一声不吭地开始准备晚餐。今天晚上我们要做什么呢？我觉得自己像个嘴巴里藏着枪的强盗，只要一开口说话就会暴露一切。最好不要说话。就只吃饭，微笑，给杰奎琳空间。这肯定没错吧？

电话铃响了。我跑去接电话，带上了卧室的门。

是露易丝。

"明天过来吧，"她说，"我有些事情想告诉你。"

"露易丝，如果是与今天的事情有关，我不能……你知道，我已经决定了我不能这样做。我做不到，因为，好吧，如果，你知道……"

电话咔嗒一声挂断了，一片死寂。我盯着它，就像劳伦·白考尔在电影里盯着亨弗莱·鲍嘉那样[1]。现在我需要的是一辆有踏板和雾灯的汽车，这样十分钟之内我就能与你在一起了，露易丝。问题是，我只有一辆属于我女朋友的迷你汽车。

---

[1] 劳伦·白考尔（Lauren Bacall，1924-2014），美国女演员。亨弗莱·鲍嘉（Humphrey Borgart，1899-1957），美国男演员。两人共同主演过《盖世英雄》等电影，并有过12年的婚姻，直到亨弗莱·鲍嘉于1957年去世。

我们吃着意面。我想，只要我不说她的名字就没事。我开始与自己玩一个游戏，对着嘲讽的钟面计算我成功克制自己的时长。我是谁？我觉得自己像个孩子，坐在教室里面对着一张无法完成的试卷。让钟走得更快些吧。让我快点离开这里。九点的时候，我告诉杰奎琳我累坏了。她过来握住我的手，我什么感觉都没有。然后我们穿着睡衣肩并肩躺在一起，我的嘴唇紧闭，双颊像沙鼠般鼓起，因为我的嘴里满是露易丝。

我不需要告诉你们第二天我去了哪里。

晚上，我做了个可怕的梦，梦见了一个沉溺于纸塑工艺品的前女友。一开始这只是个兴趣爱好；谁又会去反对几桶面粉和水，以及一捆铁丝网呢？我是自由派，支持自由表达。有一天我去她家里，从她的信箱里钻出一个黄绿相间的蛇头，正对着我的档部。尽管它不是真的，但红色的舌头和银箔做的牙齿也足以表现出它的狂怒。我犹豫着要不要去按门铃，因为要按到门铃就意味着我的私处将正对蛇头。我与自己进行了一场简短的对话。

自己：不要傻了，这只是个玩笑。

我：这怎么是个玩笑？会要命的。

自己：这些牙齿不是真的。

我：不是真的也能伤人。

自己：如果你整晚站在这里，她会怎么看待你？

我：她现在又是怎么看待我的？什么样的女孩会用一条蛇对着你的生殖器？

自己：搞怪女孩。

我：呵呵。

门突然开了，艾米站在门垫上。她穿着土耳其长衫，戴着一长串珠子。"它不会伤害你，"她说，"这是为了防范邮递员，他总是骚扰我。"

"我不觉得它会吓到他，"我说，"这只是条玩具蛇。它都没吓到我。"

"你没什么可害怕的，"她说，"它的下颚有个捕鼠器。"她回到屋里，而我还拿着瓶博若莱新酿葡萄酒站在门口的台阶上徘徊。她拿了根韭葱回来，塞进蛇的嘴里，传来一声可怕的咔咔声，韭葱的后半截疲软地掉在了门垫上。"把它拿进屋里好吗？"她说，"我们一会儿吃了它。"

我冒着冷汗惊醒。杰奎琳在我身边安静地睡着,光线透过旧窗帘照了进来。我裹着睡袍来到花园,为脚下突然袭来的潮湿感到欣喜。空气干净,带着一丝暖意。天空中有缕缕粉色霞光,似有爪子撕开天空后留下了粉色爪印。在城市里特有的一种快乐,就是知道我是唯一在呼吸着这片空气的人。成千上万的肺部不停呼、吸、呼、吸,这让我感到压抑,这个星球上有太多的人,问题已经开始显现。邻居家的百叶窗紧闭,他们的美梦和噩梦都是什么样的?现在的他们下颚松弛,身体摊开,此时见到他们会与白天多么不同。我们或许可以彼此说些真诚的话,而不是平日里那些毫无诚意的问候语。

我去看了看我的向日葵,它们从容生长,确信太阳总是会照耀到身上,在恰当的时候用恰当的办法完善自己。那些自然界毫不费力就能做到、也很少失败的事,却很少有人能够成功。我们不知道到自己是谁,机体如何运转,更不知道如何使自己蓬勃生长。无知的自然。智慧的人类。谁在跟谁开玩笑?

所以我该怎么办?我问墙上的知更鸟。知更鸟是非常忠实的动物,它们与同一个伴侣在一起,年复一年。我喜欢它们胸口上明丽的红色盾牌，还有它们跟随着铁锹寻找蠕虫时的坚定决绝。我不断松土，小知更鸟就不断卷走蠕虫。智慧的人类。无知的自然。

我并不觉得自己有多明智。为什么人类还没有长出必要的器官，以做出合情合理的决定，就能被准许长大成人？

我的情况并非不同寻常。

1. 我爱上了一个已婚女人。
2. 她爱上了我。
3. 我对另一个人有过承诺。
4. 我怎么才能知道露易丝是我该接近的人，还是我该躲避的人？

教堂可以告诉我，我的朋友们也曾试图帮助我，我可以禁欲以逃避诱惑，我也可以扬帆驶入这猛烈的风中。

在我的人生中，我第一次感到，比起做自己想做的事情，我更愿意做正确的事情。我想这要归功于芭丝谢巴……

我记得，她刚刚结束了六个星期的南非之旅后就来我家找我。在她去旅行前，我给她下了最后通牒：选他还是我。她那双常常充满自怜泪水的眼睛，为又一次情人的角力而责怪我。我逼她做出决定，她当然选择了他。好吧。六个星期。

我觉得自己像《侏儒怪》①里的那个女孩,被关在装满稻草的地窖里,天亮前要把稻草纺成金线。我从芭丝谢巴那里得到的只是几大捆稻草,但当她与我在一起时,我却相信它们是刻在珍贵石头上的承诺。所以我必须勇敢地面对这些废弃的材料和混乱的局面,努力清除稻草碎屑。然后她走了进来,毫无悔意,宛若失忆,疑惑着我为什么没有回她的长途电话,也不回信。

"我说过的话是认真的。"

在我把椅子腿粘回到餐椅上时,她沉默地坐了十五分钟。然后她问我,是否在与其他人约会。我说是的,简洁、含糊、带着希望。

她点点头,转身离开。走到门口,她说:"有件事我本想在我们去旅行之前告诉你,但是我忘记了。"

我看着她,突然地、狠狠地看着她。我恨"我们"这个词语。

"是的,"她继续说,"尤赖亚被一个他在纽约乱搞的女人传染了尿道炎。当然,他与她睡觉是为了惩罚我。但是

---

① "Rumpelstiltskin",德国民间故事。传说一位磨坊主为了能把女儿嫁给国王,便骗他说自己的女儿能将稻草纺成金子。于是,国王便将这个女孩关进一个房间,只提供稻草和纺织机,要求她在天亮前把稻草纺成金子,否则就砍掉她的脑袋,所幸一个侏儒怪施展法力,帮她完成了任务。

他没有告诉我,医生认为我也感染了。可我一直在吃抗生素,所以可能没事。也就是说,你可能也没事,但你最好去检查一下。"

我拿着椅子腿朝她冲过去,想让它直接刺穿她妆容精致的脸。

"你这个狗屎。"

"别这么说。"

"你告诉过我你们之间已经没有性生活了。"

"我觉得这样不公平。我不想粉碎了他在性方面可能保有的最后一点信心。"

"我想这就是为什么你从来不愿意告诉他,他根本不知道如何让你高潮。"

她没有回答,她在哭。她的情绪就像是血融进水里一样感染了我。我抱住了她。

"你们结婚多久了?完美而公开的婚姻。十年,十二年?你从来不让他把头放在你的双腿之间,因为你认为他会觉得这很恶心。让我们为他那点性方面的信心喝彩吧。"

"住嘴,"她说着,把我推开,"我要回家了。"

"现在肯定是七点了。这是你回家的时间不是吗?这就是为什么你总是早早下班,这样你就能有一个半小时来与我快速打一炮,然后让自己平静下来,说:'你好,亲爱的。'并为他准备晚餐。"

"你让我来的。"她说。

"是的,是我让你来①的,当你流血的时候,当你生病的时候,一次又一次,是我让你来的。"

"我不是这个意思。我是说我们都有责任。你希望我来你家。"

"我希望你出现在我所在的每个地方,最可悲的是,我现在依然这么想。"

她看着我:"开车送我回家好吗?"

我依然记得那个一想起就令人感到羞耻和愤怒的夜晚。我没有开车送她,而是与她一起走过通往她家的黑暗小径,听着她风衣的飒飒声和公文包摩擦小腿发出的声音。她和德克·博加德②一样,对自己的轮廓感到满意,这轮廓被沉闷

---

①原文为 come,有"来"和"性高潮"之意。此处有双关。
②德克·博加德(Dirk Bogarde, 1921 – 1999),英国极富盛名的演员,同时也是一位作家。

的路灯映照出恰到好处的效果。我把她送到安全的地方，听着她高跟鞋的嗒嗒声渐渐远去。几秒钟后这声音停了下来。我熟知这一举动；这会儿她正在检查头发和脸，把我从大衣和腰间如灰尘般拍走。门嘎吱一声打开，又关拢，发出金属撞击的声音。现在他们在里面了，坚定不移，分享一切，甚至包括病毒。

回家路上，我深深地呼吸，知道自己在发抖，却不知道如何停止，我想，我与她一样有罪。难道不是我让这一切发生的吗？欺骗密谋，尊严全无。我什么都不是，就是一坨软弱的狗屎，活该被芭丝谢巴如此对待。自尊。军队里应该会教你这一点，或许我该去应征。那我该在个人兴趣那一栏下面写上"心碎"吗？

第二天在淋病诊室里，我打量着我的病友们。狡猾的花花公子，穿着裁剪妥当的西装来遮挡肥肉的生意人。一些女人，没错，有妓女，也有其他女人，眼神里充满痛苦和恐惧的女人。这是个什么地方？为什么从来没有人告诉她们？我想问那个穿着印花衣衫的中年妇女："亲爱的，是谁传染给你的？"她先是盯着淋病的宣传画看，又试图集中精神读手中的《乡村生活》。"跟他离婚，"我想对她说，"你以为这是第一次吗?"她的名字被叫到了,她进入了一个惨白的房间。这个地方就好像是审判日的接待室。一壶不新鲜的科纳咖啡,几张肮脏的人造革长凳,几朵插在塑料花瓶里的塑料花,还有贴满了几面墙的关于湿疣和变色遗精的宣传画。肉体上的方寸之地竟能染上那么多毛病,真是令人印象深刻。

啊,芭丝谢巴,这与你优雅的手术不一样,不是吗?你的私人病患可以在维瓦尔第①的音乐中拔牙,然后在躺椅上休息二十分钟。每天都有鲜花送来,而且你只提供最好的芳香花草茶。病人把脑袋贴在你的白大褂上,靠在你的胸口,没有人害怕针头和注射器。我只想从你这儿得到一个牙冠②,你却给了我一个王国。不幸的是,我只在工作日的傍晚五点到七点间,或是少有的几个周末、他出去踢足球时拥有这个王国。

我的名字被叫到了。

"我被传染了吗?"

护士用看一只瘪轮胎的眼神看着我,说:"没有。"

---

① 安东尼奥·维瓦尔第(Antonio Vivaldi,1678–1741),意大利作曲家、小提琴演奏家。
② 英文为 crown,有"王冠"的意思。

然后她开始填写一张表格,并告诉我三个月以后回来复诊。

"为什么?"

"性传染病通常不是一个孤立的问题。如果你习惯如此,你被传染到一次,就很有可能会再次被传染。"她顿了一下,"我们是习惯造就的产物。"

"我没有感染性病,一点都没有。"

她打开门说:"三个月的时间足够了。"

什么足够了?我穿过走廊,经过手术室、母婴房和"门诊病人往这儿走"的标牌。这就是淋病诊室的特点,它所在的位置远不是那些平常病人所能走得到的。它如迷宫般狡诈,病人们起码要问五次路才能走到那里。尽管我已经压低了嗓音,特别是考虑到自己是在母婴室前发问,可回答的人却根本没有礼貌,"性病?走到头,右转再左转,直走穿过门,从电梯旁的楼梯上楼,沿着走廊走,穿过转角的旋转门,就到了。"男护士嚷嚷着,小心地停下装满脏床单的手推车,刚好压到我的脚……"你是说性病吧?"

是的,我是的,我又问了门诊处的一位实习医生,他潇洒地摘下听诊器,"淋病诊室?没问题,哪怕坐轮椅也不过是五分钟的路。"他笑声响亮,像是开来了一队冰激凌车,然后他指着焚烧槽的方向,"这是最近的路,祝你好运。"

可能是因为我的脸。可能今天我的脸看起来像块门垫子。我自觉如此。

从医院出来的路上我给自己买了一大束花。

"要去探望什么人吗?"卖花的女孩说,声音在拐弯处上扬,像是块医院的三明治。她挤在蕨类植物的后面,右手滴着绿色的水,还必须态度友善,她一定已经无聊死了。

"是啊,探望我自己。我想看看自己身体怎么样。"

她抬了抬眉毛,尖声说道:"你没事吧?"

"我会没事的。"我说着,扔给她一枝康乃馨。

回到家里,我把花插进花瓶,换了床单,钻进被窝:"除了一副整齐的牙齿外,芭丝谢巴还给过我什么?"

"用它们来吃掉你最好了。"狼外婆说。

我拿了一罐喷漆,在门上写下"自尊"。

让丘比特来试试吧,看它能不能通过这扇门。

我到的时候,露易丝在吃早饭。她穿着件过分肥大的红绿条纹卫兵长袍。她的头发披散下来,依偎着脖子和肩膀,在晨光中垂落到桌布上。露易丝有着危险的电场，我担心她现在擦出的那抹稳定的小火苗会在急剧波动的电流中变旺。她表面看着平静，但是在她的控制之下，有一股颇具破坏性的力量，让我在经过她的高压电缆塔时十分紧张。她并不那么像现代女性，倒更像个维多利亚时代的女人，一个从哥特小说里走出来的女主角，虽是一栋房子的女主人，却也可以一夜之间就将它烧毁，拎着一只包出逃。我总是想着她应该在腰间挂了串钥匙。她克制、沉静，像一座休眠但没有丧失活力的火山。我确实想过，如果露易丝是座火山，那我或许就是庞贝城。

我没有直接进去，而是竖着领子在外面偷偷徘徊，躲藏着想找到一个更好的视角。我想，如果她打电话叫警察来逮捕我，也是我罪有应得。但她不会叫警察，她只会从玻璃酒瓶里拿出珍珠手柄左轮手枪，射穿我的心脏。在尸检时，人们会看到一颗巨大的心脏，却没有任何其他内脏。

白色的桌布，棕色的茶壶，镀铬的烤面包架，银刃小刀，各种日常物件。看她如何把它们拿起来，又放下，然后在桌布边飞快地擦一下手；有旁人在时，她不会这样做。她吃完了鸡蛋，我能看见堆在盘子上的碎蛋壳和她用刀尖送进嘴里的一小块黄油。现在她去洗澡了，厨房空了。没有了露易丝的厨房看上去真愚蠢。

我要进去很容易，门没有锁。我觉得自己像个小偷，装了满口袋的偷窥。别人不在的时候待在他的房间里是件奇怪的事，尤其是当你爱着这个人时。每样物件都有不同的意义。她为什么会买这个？她特别喜欢什么？为什么她坐在这张椅子上而不坐那张？房间变成了密码，而你只有一点点时间去破解。等她回来后，她会掌控你的注意力，除此之外，盯着看一样东西又显得粗鲁。但我还是想打开抽屉，拿起沾满灰尘的画框。或许在垃圾篮里，在食品柜里，我可以找到一条线索，解开你纠缠的线团，把你放在手指间，拉开每条丝线，了解你的尺寸。想要偷些东西的念头如此可笑，却十分强烈。我不想要你的镀银勺子，尽管它们很迷人，手柄处还印着一个爱德华时代的小靴子图标。可我为什么还是把它放进了我的口袋？"马上拿出来。"注视着我一举一动的女校长说。我想把它强塞回抽屉，但尽管只是个茶勺，它却拼命抵抗。我坐下来试图集中精神。在我视野里正好有一只洗衣篮，不要啊……洗衣篮可不行……

我从来没有闻嗅内裤的癖好，也不想在暗兜里夹带穿过的内衣。我认识这样的人，也同情他们。他们在西装的一只兜里揣一块大大的白手帕，另一只兜里揣一条内裤，就这样走进庄严的董事会议室，这是件冒险的事情。你怎么能完全肯定自己记得哪个放在哪边？我像是个失业的耍蛇人，被洗衣篮催眠了。

我刚回过神来，露易丝就大步穿过了房门，她的头发盘在头顶，用一只玳瑁发卡固定。我能够闻到她洗完澡后留下的蒸汽味以及肥皂的原木芳香味。她伸出胳膊，面孔因为爱意而柔和，我把她的两只手放到唇边，缓慢地亲吻每一只，好让自己记住她指关节的形状。我不仅仅想要露易丝的肉体，我要她的骨头、她的血液、她的组织，以及将她束在一起的肌肉。我要抱着她，哪怕时间已经剥夺她皮肤的色泽和质感。我能够抱着她一千年，直到骨头化为尘埃。你是什么，竟让我有如此感觉？你是谁，竟让时间失去意义？

感受着她双手的温度，我想，这是令太阳相形见绌的篝火。这个地方将温暖我，喂养我，照顾我。我会牢牢把握这双手的脉搏，不再理会其他的节奏。世界依然将随时间的潮汐来来去去，而我的未来就在她的手心里。

她说："上楼来吧。"

我们一个紧跟在另一个身后，经过一楼的平台、二楼的卧室，上到楼梯更窄、房间也更小的地方。房子仿佛没有尽头，楼梯旋转着，带我们通往更高处，直到我们离开房子，一起进入塔顶的阁楼，在这里，鸟儿拍打着窗户，天空如同馈赠。阁楼里有张铺了拼布被子的小床。地板往一边倾斜，一块木板像伤口般翘起。涂着颜料的凹凸不平的墙壁在呼吸。触摸着它，我能感觉到它在起伏。它有些潮湿。稀薄的空气里透出来的光线炙烤着窗框，它们烫得无法打开。我们在这又高又远的房间里被放大。你和我能够触摸到我们爱情牢房的天花板、地板和每一面墙。你吻了我，我品尝到了你皮肤的味道。

然后呢？刚刚穿上衣服的你，又褪去了衣服，它们变成了一堆无意识的物品。我发现你只穿着条衬裙。露易丝，对于连你的手指都没有了解透彻的我来说，你此刻的裸露过分完整。我如何才能走遍这片土地？哥伦布刚刚看到美洲大陆的时候也有这种感受吗？我不曾梦想占有你，我希望你能占有我。

很长一段时间以后，我听到孩子们在放学路上的吵闹声。他们的声音尖利而热切，穿过安静的房间，在最终传到我们的"声誉之宫"①时业已失真。或许我们在世界的屋顶上，乔叟与他的老鹰也曾在这里。或许生命的匆促与压抑会在这里结束，声音在房梁间聚集回荡，最后变得多余。能量只会转换形式而从不消失；那些说出的话都去了哪里？

"露易丝，我爱你。"

她温柔地把手放在我的嘴上，摇摇头："现在不要这样说，现在还不是时候，你或许并不是真心实意的。"

我用一连串最高级别的词语抗议，听上去却像一个广告商。显然，这必然是"最好的""最重要的""最美妙的"，甚至是"无可比拟的"。如今名词完全没有价值，除非它们被一堆最高级的形容词修饰。然而我越是强调，我的话语听起来就越空洞。露易丝什么都没有说，最后我闭嘴了。

"当我说你或许并不真心实意的时候，我的意思是，也许你不可能是真心实意的。"

"我没有结婚。"

"你以为这样你就是自由的？"

---

① 《声誉之宫》是英国诗人乔叟创作于1379—1380年间的作品。杰弗雷·乔叟（Geoffrey Chaucer, 1343—1400），中世纪英国的一位杰出诗人。他奠定了英国新文学语言的基础，所以通常被称为"英国诗歌之父"。

"我比已婚人士更自由。"

"这也让你更容易改变主意。我并不怀疑你会离开杰奎琳,但是你会与我守在一起吗?"

"我爱你。"

"你也爱过其他人,但是你还是离开了他们。"

"这次没那么简单。"

"我不想成为你的另一个战利品。"

"是你先开始的,露易丝。"

"是我先承认的,但是我们一起开始的。"

这一切到底是怎么回事?我们做了一次爱,我们像朋友般相处了几个月,而现在她却在怀疑我不适合做一个长期伴侣?我把这些想法说给她听。

"所以你承认我只是一个战利品?"

我感到愤怒和迷惘:"露易丝,我不知道你是什么。我竭尽全力地避免今天发生的一切。你以各种我无法估测和控制的方式影响着我,我所知道的只有后果,而后果就是我已经失去了控制。"

"所以你才告诉我你爱我,试图以此重新获得控制。这是一块你了解的领地,不是吗?这是浪漫,是求爱,是旋风。"

"我不想要控制。"

"我不相信你。"

是的,你不相信我,你这样做是对的。疑虑之时便要真诚表露。这是我的小小诡计。我站起来拿我的衬衫。它在她的衬裙底下,于是我拿起了她的衬裙。

"能送给我吗?"

"猎取战利品?"

她的眼睛里噙满泪水。我伤害了她。我后悔告诉她我那些女朋友的故事。我本想逗她笑,她当时也确实笑了。我在我们的路途中撒了倒钩,她不信任我。作为朋友,我很有趣。作为情人,我却是致命的。我能看出来这一点。换作是我,也不想和自己牵扯不清。我跪在地上,抱住她的腿。

"告诉我你想要我做什么,我会去做。"

她抚摸着我的头发说:"我希望你来到我身边,没有任何过往。忘记你学过的台词,忘记你曾经在其他地方、在其他卧室里经历过的今天这样的事。全新地来到我身边。永远不要说你爱我,直到你能够证明的那一天。"

"我该怎么证明?"

"我不能告诉你该怎么做。"

迷宫。找到正确的道路,你的心愿就会实现。否则你将会在这些绝不让步的墙壁间永远徘徊。这是考验吗?我说过,露易丝身上充满哥特式特质。她似乎已经认定了,我必须从自己纠葛的过往中赢得她。她的阁楼里有一张伯恩·琼斯①画作的复制品,叫《爱与朝圣者》。一个穿着干净衣服的天使牵引着一个疲惫的、双脚酸痛的旅行者。他们一起钻出茂密的荆棘丛,旅行者穿着黑衣,而她的斗篷则钩在荆棘中。露易丝会像这样指引我吗?我希望被指引吗?她是对的,我还没有想过这件事有多么庞杂。我还有些借口;我还想着杰奎琳。

我离开露易丝家时,外面正在下雨,我搭了辆公交车去动物园。车上挤满了女人和小孩,疲惫忙碌的女人安抚着乖戾易怒的孩子。一个小孩硬把她弟弟的脑袋塞进他的书包里,课本在橡胶地板上散了一地,把他年轻漂亮的母亲惹怒到几乎想要杀人的地步。为什么这样的工作不计入国民生产总

---

① 爱德华·伯恩·琼斯(Edward Burne Jones, 1833-1898),前拉斐尔派最重要的画家之一,以亚瑟王传说、《圣经》故事、希腊神话为主题创造了一大批充满浪漫主义情调的杰作。

值?"因为我们不知道怎么计算它的价值。"经济学家们说。他们该试着去搭一次公交车。

我在"动物之家"的主入口下了车。售票亭里的男孩一个人无聊地待着。他把腿支在验票栅门上,风夹着雨水吹进窗户,落在他的迷你电视机上。我靠在一只防风玻璃制成的大象身上避雨,他没有看我。

"动物园还有十分钟就关门了,"他故作神秘地说,"下午五点后就不用再管理园区了。"

这是秘书的梦想:"下午五点后无须管理。"我乐了两秒钟,便看到杰奎琳朝门口走来,她戴着贝雷帽挡雨,拎着装满食物的手提袋,韭葱从侧边戳出来。

"晚安亲爱的。"男孩嘴唇一动不动地说着。

她还没有看到我。我想躲在大象后面,然后突然跳出来对着她说:"我们去吃晚饭吧。"

我总是能想到这类浪漫的蠢事,用它们来摆脱现实。谁他妈的会想在下午五点半就去吃晚饭?谁会想要在这样的雨天里,与成百上千个像自己一样提着装满食物的手提袋走在回家路上的上班族来一场性感的散步?

"坚持住,"我对自己说,"继续。"

"杰奎琳。"(我听起来像个刑事调查局的人。)

她抬起头,微笑着,脸上洋溢着欢欣,把手提袋递给我,然后裹紧外套。她一边朝着她的车走去,一边跟我讲述一天中发生的事,说有一只小袋鼠的事儿需要商议,问我知不知道动物园用它们做动物实验?它们的头被活活砍掉,这都是出于科学的利益。

"而不是出于小袋鼠的利益?"

"不是,"她说,"为什么它们要受苦?你不会把我的头活活砍下,不是吗?"

我惊恐地看着她。她在开玩笑,但是这听起来并不像个玩笑。

"我们去喝杯咖啡,吃点蛋糕吧。"我挽着她的胳膊,离开停车场,朝一间温馨的茶室走去,这里一般都招待从动物园出来的游客。没有游客的时候这里很舒服,那天就没有什么游客。动物们一定也祈祷下雨。

"你不常来接我下班。"她说。

"是的。"

"有什么要庆祝的事情吗?"

"没有。"

凝结的水珠沿着窗户滚落。一切都模糊不清了。

"是和露易丝有关吗?"

我点点头,手指摆弄着蛋糕叉,膝盖抵着桌底。一切都已失衡。我的声音听起来太大,杰奎琳的则太小,机械而高效地给客人端上甜甜圈的女人把胸压在玻璃柜台上,仿佛要用乳房的力量把它们压碎。她会用巧克力奶油松饼玩游戏,扑通一声就把她毫不警觉的客人淹没在奶油乳酪里。我妈妈常说我会陷入泥潭,没个好下场。

"你最近在和她见面吗?"杰奎琳用胆怯的声音说。

我从肠子直到食道都受到了刺激,我想像狗一样吼叫,我就是条狗。

"我当然在和她见面,她无处不在。在每一张广告牌上,在我口袋里的硬币上,我都能看见她的面容。当我看着你的时候,我看到的是她。当我不看着你的时候,我看到的也是她。"

但我没有这样说,我咕哝着说,是的,我们和往常一样见着面,但事情已经发生了变化。事情已经发生了变化,这真是句狗屁解释,是我改变了一切。事情本身不会改变,它们不像季节,会随地球旋转而更迭。是人们改变着事情。只有改变的牺牲者，没有事情的牺牲者。为什么我要这样误用词语？无论我怎么说，都无法让杰奎琳听到后不那么难受。我能让自己好受些，我想我也正在这样做。

她说："我以为你已经变了。"

"我确实变了，这就是问题所在，不是吗？"

"我以为你已经变了。你告诉过我，你不会再这样做了。你告诉过我，你想要一种不同的生活。要伤害我很容易。"

她说得对。我确实曾以为我可以带着晨报出门，晚上回家看六点钟的新闻。我没有对杰奎琳撒谎，但我好像一直在对自己撒谎。

"我不会再乱跑了，杰奎琳。"

"那你现在在做什么？"

问得好。要是我能有客观的态度，能用清晰的语言来解释我的行为，那该多好。我希望自己面对你时能有计算机程序员般的自信，确信只要我们问出合适的问题，就一定会得到答案。为什么我不按照计划继续走下去？耸耸肩膀说我什么都不知道，和其他任意一个坠入爱河的白痴一样无法解释自己的行为，这听起来真傻。我练习过很多遍，我本该能解释得清楚。而我能想到的唯一一个词，却是露易丝。

杰奎琳坐在茶室的霓虹灯下,双手捧住杯子,想安抚自己的情绪,却被烫到了。她把水洒在了杯托里,正用仅有的几张纸巾擦拭时,她又把蛋糕碰翻在地上。那个大胸女人瞪着鹰一样的眼睛,沉默地弯腰把地板擦干净。她什么事情都见过,对此毫无兴趣,只想着在十五分钟后打烊。她退到了柜台后面,打开收音机。

杰奎琳擦了擦她的眼镜。

"你打算怎么办?"

"我们应该一起来决定,这是一个共同的决定。"

"你的意思是,我们先谈一下,然后你继续做你想做的事。"

"我不知道我想做什么。"

她点点头,起身离开。等我找到零钱结账时,杰奎琳已经走到马路上了,我想她是去找她的车了。

我跑着追她,但当我来到动物园停车场时,大门已经上锁。我抓着菱形网格,徒劳地晃动着沾沾自喜的挂锁。这是五月里一个潮湿的夜晚,比起甜美的春天,却更像是在二月。夜色本该温柔明亮,但光线却被一排映照着雨水的疲惫街灯吸收了。杰奎琳的迷你车孤独地停在荒凉的停车场角落。这荒废的悲哀时光真是可笑。

我来到一个小花园，在滴着水的柳树下找到一条潮湿的长凳坐下。我穿着条松垮的短裤，在这样的天气里，看着像是正在参加童子军的招募活动。但我不是个童子军，从来都不是。我嫉妒他们；他们很清楚如何做好一件事。

在我对面，有一幢房子矗立在花园里，舒适整洁，一扇窗户透着黄光，另一扇则暗着。一个人影拉上窗帘，有人打开了前门，传来一阵音乐声。多么明智而得体的生活。那些人会不会也在夜晚清醒地躺在床上，隐藏着内心，却让出了身体？窗边的那个女人会因为睡觉时间逼近而默默绝望吗？她爱她的丈夫吗？渴望他吗？当他看到他的妻子宽衣解带，他有什么感觉？在其他的房子里，有没有他渴望的人，就好像他曾经渴望她一样？

以前，露天游乐场里有种投币游戏机叫"男管家看到了什么"。你把眼睛凑到一个有衬垫的取景器上，投入硬币，一群舞女便立刻开始掀裙子和抛媚眼。渐渐地，她们脱掉了绝大部分衣服，但是如果你想要那最后一击，就必须在戴着白手套的男管家谨慎地拉上百叶窗前，再投入一枚硬币。这个游戏的有趣之处，除了显而易见的那部分外，还在于它身临其境的深度模拟。它会给你带来公子哥坐在音乐厅的最好位置上的感觉。你可以看到一排排的天鹅绒座椅和一绺绺上了发蜡的头发。它的有趣来自于它的幼稚和调皮。我常常感到负疚,但那是一种负疚的热辣刺激,而不是罪孽的可怕沉重。那些日子让我变成了偷窥狂,但我并没有做过分的事。我只是喜欢经过开着的窗户,瞥一眼里面的生活。

默片都不是彩色的,而窗户里的影像却是如此。一切都像上了发条一般,顺着奇怪的方向动来动去。为什么那个男人抬起了胳膊?女孩的手无声地滑过钢琴。半英寸厚的玻璃把我与那个并不包含我的静默世界隔绝开来。他们不知道我在这里,而我却与他们如家庭成员般亲密。而且,他们说话时嘴唇会像金鱼般噘起,我便像剧作者一样为他们填写对话。我曾经和一个女朋友一起玩过这个游戏,当时我们生活窘迫,在走过那些漂亮的房子时,我们会为里面明亮舒适的生活编造各种故事。

她的名字叫凯瑟琳,她想成为一名作家。她说为毫不知情的人编写小剧本是锻炼想象力的绝佳练习。我不想成为作家,但是我也不介意帮她拿本子。在那些黑暗的夜晚,我确实想过,电影是糟糕的赝品。在现实生活中,特别是晚上七点以后,人们沉浸在自己的世界里,几乎一动不动。有时候我会感到恐慌,对凯瑟琳说我们应该叫救护车。

"没有人能够这样长时间地呆坐着,"我说,"她肯定死了。看看她,身体都已经开始僵直,连眼睛也不眨。"

然后我们会去艺术电影院看夏布洛尔①或者雷诺阿②的作品,所有演员从头到尾都在卧室跑进跑出,互相争吵,然后离婚。我筋疲力尽。法国人朝着成为智慧之源的方向不断努力,但对于一个思考者的民族来说,他们确实跑得太多了。思考本该是静止不动时进行的。而他们放进一部艺术电影里面的动作,要比美国人放进整整一打伊斯特伍德③电影里的还要多。《祖与占》④就是一部动作电影。

在那些潮湿而无忧无虑的夜晚,我们很开心。我觉得我们就像是华生医生和夏洛克·福尔摩斯。我知道自己的位置。然后凯瑟琳说她要离开。她不想这样做,但是她认为一个作家无法成为好的伴侣。"这只是时间问题,"她说,"我迟早

---

① 克劳德·夏布洛尔(Claude Chabrol, 1930 – 2010),法国新浪潮电影奠基人之一。
② 让·雷诺阿(Jean Renoir, 1894 – 1979),法国著名导演,被看作是20世纪30年代改变法国电影风格的电影大师。
③ 克林特·伊斯特伍德(Clint Eastwood, 1930 –),美国演员、电影导演和电影制片人,1993年曾以《不可饶恕》获得奥斯卡金像奖最佳导演奖。
④ *Jules et Jim*,法国新浪潮大师弗朗索瓦·特吕弗的经典代表作,讲述祖与占的爱情故事。

会成为一个酒鬼并且忘记怎么做饭。"

我建议我们再等等,试试看挺过这个阶段。她伤感地摇摇头,拍拍我说:"养只狗吧。"

我自然是崩溃了。我喜欢我们一起在外面游荡的夜晚,在鱼店门口的短暂停留,喜欢我们清晨时在同一张床上睡去。

"在你走之前我还能为你做什么吗?"我问。

"能。"她说,"你知道为什么亨利·米勒①说'我用我的老二写作'吗?"

"因为他就是这样做的。等他死了,人们发现他两腿中间就只剩下一支圆珠笔而已。"

"你在胡说。"你说。

是吗?

我坐在长凳上,微笑着,身上湿透了。我并不开心,但是记忆的力量可以暂时让我脱离现实。抑或,记忆才是更现实的地方?我站起来,拧干短裤的裤脚。天黑了,公园在天黑以后属于其他人,而我不属于他们。还是回家去找杰奎琳吧。

---

①亨利·米勒(Henry Miller, 1891—1980),美国作家,其作品多素材卑琐,语言淫秽,因此甚至被有些人称为"污秽作家"。

我回到家,发现门锁着。我想要进去,但是链条闩住了门。我叫喊,拍打。最后信箱轻轻弹开,滑出一张纸条。上面写着"滚开"。我找了支笔,在背面写下:"这是我家。"正如我所害怕的,再也没有答复。所以,我在一天中第二次来到了露易丝的家。

"今天晚上我们将睡在另一张床上。"她一边说,一边将浴室蒸满水汽和熏香。"我要暖暖房间,你可以躺在浴缸里喝点可可。好吗,克里斯多夫·罗宾①?"

好的,有没有蓝色帽子都没关系。这一切是多么温柔,多么不真实。我完全无法相信。杰奎琳一定知道我只能来这里,她为什么还要那样做呢?她们是不是商量好了要一起来惩罚我?可能我已经死了,而这是审判日。不管是不是,我都不能回到杰奎琳的身边。不管这里发生什么,我已经不再抱有希望,我知道我已经以一种彻底无法挽回的方式与她分离。在公园里,在雨中,我至少想明白了一件事情:露易丝是我想要的女人,即便我不能拥有她。而我必须承认,杰奎琳从来都不是我想要的那个人,她只是在一段时间里大致与

---

①小熊维尼的好朋友,他们一起住在一个叫百亩森林的地方,有过许多伟大的冒险。罗宾有一顶蓝色的帽子。

那个形象相符而已。

分子对接是生物化学领域中的一个重大挑战。有很多种方式能够让分子排在一起，但是只有很少的并列方式能让它们排列紧密并互相结合。从分子层面来说，这种实验的成功可能意味着发现能够和肿瘤细胞上的蛋白质结构相结合的人造结构或者化学成分。如果你成功完成了这种高风险的拼图游戏，或许你就已经找到了癌症的治疗方法。但是分子和人类都存在于充满可能性的世界中。我们互相触碰，结合，然后分开，在我们所不理解的力场中渐行渐远。与露易丝结合或许可以治愈损坏的心，但从另一方面来说，却也可能是一次极具毁灭性的实验。

我穿上了露易丝拿给我的一件粗糙的毛巾浴袍，我希望这不是埃尔金的。在殡葬行业曾经有一种勾当，穿戴整齐的逝者被送进安息堂准备下葬时，入殓师和助手们会试穿他的衣服。穿着最合适的那个人会付一先令；也就是说，一先令进了慈善箱，而那衣服则与逝者再无关系。当然了，在举行葬礼时，他还是穿着那身衣服的，可一旦到了要合上并固定棺材盖的时候，其中一个小伙子就会立刻把衣服剥下来，再用皱巴巴的廉价床单盖住那个倒霉的家伙。如果我要从背后捅埃尔金一刀,我可不想穿着他的睡袍干这事儿。

"这是我的,"露易丝在我上楼时说,"不用担心。"

"你怎么知道我在想什么?"

"你记不记得有一次我们俩在去你家的路上遇到了倾盆大雨?杰奎琳坚持让我脱了衣服,穿她的睡衣。她是很体贴,但是我想穿你的衣服,因为我渴望的是你的气息。"

"难道不是衣服里的我吗?"

"是的。更加诱人。"

露易丝在屋里生了火,她把屋里的那张床叫作姐妹榻。如今大部分人都不再使用明火;露易丝家却没有中央供暖系统。她说埃尔金每到冬天都会抱怨,尽管去买燃料和拨火的人都是她而不是他。

"他并不真的想要这样生活。"她说,意思是他不喜欢这栋婚房简朴的庄严感,"如果住在那种二十世纪三十年代仿都铎风格、带地暖的房子里,他会高兴得多。"

"那他为什么还要住在这儿呢?"

"这房子让他感觉自己很有独创性。"

"你喜欢吗?"

"这房子是我布置的。"她停顿了一下,"埃尔金做出的贡献只有钱而已。"

"你瞧不起他,对不对?"

"不,我没有瞧不起他,我只是对他感到失望。"

埃尔金曾是个优秀的实习医生。他勤勉工作,努力学习,既具有创新意识,又有关怀精神。他在医院工作的初期,露易丝给予他经济支持,支付他们的简朴生活中不断累加的所有账单。那时的埃尔金决心要获取在第三世界国家工作的资格。他看不起他眼中的"咨询室之路",在这条路上,有背景有能力的年轻人只需投入一点点努力,就能顺着职场阶梯爬到更好也更轻松的位置。医学界有快车道。很少有女人能走上这条路,它是职业医生公认的必经之路。

"后来发生了什么?"

"埃尔金的母亲得了癌症。"

住在斯坦福山的萨拉觉得身体不太舒服。她总是五点起床,祷告,点蜡烛,开始准备一天的食物,熨烫以扫的白衬衫。在清晨的这段时间,她只系着根头巾,直到七点丈夫下楼前才戴上长长的黑色假发。他们吃完早饭,便一起钻进古董车里，开三英里的路到他们的药店。萨拉拖地板，擦柜台，以扫则把他的白色大衣套在祷告披肩外面，在后屋整理纸板箱。说他们九点开始营业其实并不准确，他们只是在九点打开门锁。萨拉卖牙刷和止咳糖。以扫准备纸药包。他们每天如此，整整五十年。

店铺没有变过。红木柜台和玻璃陈列柜在战前就已经摆在那里了，从以扫和萨拉签下那张将伴随他们步入老年的六十年租约时起，它们就一直在那儿。在店铺的一侧，补鞋摊变成杂货商店，又变成熟食店，然后变成了犹太烤肉串店。在另一侧，洗衣房成了干洗店。这家店依然由他们的朋友，西佛家的孩子们经营着。

"你们的儿子，"西佛对以扫说，"是个医生，我在报纸上看到他了。他可以在这儿开一个很好的诊所，你们可以扩大规模了。"

"我已经七十二岁了。"以扫说。

"七十二岁又怎么样？想想亚伯拉罕[①]，想想以撒[②]，

[①]《旧约》中的人物，是犹太民族的始祖，活到175岁。
[②]《旧约》中亚伯拉罕和妻子所生的唯一的儿子，是上帝应允给亚伯拉罕的后裔，活到180岁。

想想玛士撒拉①，九百六十九岁，到那个时候再去考虑你的年纪吧。"

"他没有娶犹太姑娘。"

"我们都会犯错误，看看亚当。"

以扫没有告诉西佛，他已很久都没听到过埃尔金的任何音讯，也不指望再收到他的消息。两星期后，当萨拉躺在医院里疼得说不出话时，以扫用他的那部老式胶木座机拨了埃尔金的号码。他们从没想过要换一部新式电话。上帝之子不需要进步。

埃尔金立马就回来了，在病床边见到父亲前，他已经与医生交谈过。医生说没有希望了。萨拉得的是骨癌，活不了多久。医生说她一定已经痛苦了很多年。缓慢衰竭，归于尘土。

"我父亲知道吗？"

"多少知道点。"医生很忙，还有别的事要做，他把诊疗记录给了埃尔金，把他留在头顶悬了只破灯泡的桌子旁，就离开了。

莎拉去世了。埃尔金参加了葬礼，然后把他的父亲送回

---

① 《旧约》中记录的寿命最长的人，他是挪亚（Noah）的祖父。

店里。以扫摸索着钥匙,打开了笨重的门。玻璃嵌板上那些宣告着以扫昔日光辉的金色印字还在,上半圈写着"罗森塔尔",下半圈写着"药剂师"。时间和天气磨损了这块标牌,如今尽管上半圈仍然是"罗森塔尔",下半圈却只剩下了"药"。

埃尔金紧随父亲之后,一闻到店里的气味就反胃。这是他童年的味道,防腐剂和薄荷的味道。这是他在柜台后面写完的家庭作业的味道,是等待父母带他回家的漫长夜晚的味道。有时候他穿着灰色袜子和短裤睡着了,脑袋枕在一桌子的对数算式上,以扫会把他抱起来,抱进车里。他只在梦境中和半醒时能够感受到父亲的温柔。以扫对这孩子很严厉,但当他看到孩子的脑袋靠在桌上,两条细腿放松地搭在椅子上时,又对他满怀爱意,在他的耳边喃喃地讲着山谷中的百合花和应许之地①。

当埃尔金看着父亲缓慢地把黑色外套挂在衣钩上,耸耸胳膊,套上药剂师制服时,这些过往记忆令他感到一阵锥心之痛。这些例行动作仿佛带给父亲一些安慰,他看都没看埃尔金,而是拿出自己的订货簿,坐了下来,开始念

---

① 《旧约》中上帝和亚伯拉罕立约,将迦南全地赐予后者和他的后裔。迦南即现在的耶路撒冷一带。

念有词。过了一会儿,埃尔金咳嗽了一声,说他得走了。他的父亲点点头,没有说话。

"我还能为你做些什么吗?"埃尔金问,并不希望会得到回答。

"你能不能告诉我为什么你的母亲会死?"

埃尔金再次清了清嗓子,他很绝望。

"父亲,母亲老了,她没有体力恢复。"

以扫用力地不停点头。"这是上帝的意愿。上帝赐予,上帝收回。今天这句话我说了多少遍?"接着又是漫长的沉默。埃尔金咳嗽了两声。

"我得走了。"

以扫踱到柜台后面,在一只褪了色的大罐子里翻找着什么。

他递给儿子一只装满止咳糖的褐色纸袋。

"你咳嗽了,我的孩子。带上这个吧。"

埃尔金把纸袋塞进外套口袋里就离开了。他尽可能快步离开犹太区,一走到大马路上,就叫了辆出租车。上车前,他把纸袋扔进了车站的垃圾桶里,这是他最后一次见到自己的父亲。

起初，埃尔金确实没有想到，他对癌症的执着研究，给自己带来的实质性好处要远远大于给任何一位病人的。他利用计算机模拟恶性细胞快速繁殖所产生的后果。他认为基因治疗是最有可能帮助身体摆脱自身困境的途径。这是极富魅力的医疗方法。基因治疗是处于世界前沿的医疗手段，声名和财富都会随之滚滚而来。一家美国制药公司争取到了埃尔金，他离开医院，进入了实验室。反正埃尔金从没喜欢过医院。

"埃尔金，"露易丝说，"再也不能往割伤的手指上贴创可贴，但是他可以告诉你有关癌症的一切，除了它的起因和疗法。"

"这有点讽刺不是吗？"我说。

"埃尔金不关心他人。他从没把别人放在眼里。他已经十年没有进过临终监护病房了。一年里有一半的时间，他都坐在瑞士一间造价几百万英镑的实验室里，盯着电脑屏幕。他希望能够获得重大发现。他想得诺贝尔奖。"

"有野心不是问题。"

她笑了："但埃尔金有很多问题。"

我在想我是否能够不辜负露易丝的期望。

我们躺在一起，我用手指抚摸她嘴唇的弧线。她有着好看而挺直的鼻子，带着点严肃而苛刻的气质。

她的嘴与鼻子大相径庭，不是因为它看起来不严肃，而是因为充满肉欲。她的嘴唇很饱满，从深处流露出欲望，却有一丝冷酷之感。嘴和鼻子摆在一起时，就产生了奇特的效果，一种禁欲的性感，洞察力和欲望共存。她是罗马红衣主教，贞洁无瑕，却在完美的唱诗班少年面前展露另一面。

露易丝的品位在二十世纪后期没有一席之地，此时的性爱风尚不再是隐藏，而是暴露。但露易丝喜欢暗示带来的刺激，享受缓慢进行的挑逗，她渴求一场势均力敌的游戏，但双方却并不总是选择表现得平等。她不是 D.H. 劳伦斯那种类型[①]；没有人能凭借动物性的冲动拿下露易丝。必须调动她的全身，让她全情投入。她的头脑和她的心灵，她的灵魂和她的身体可以看作是两对双胞胎，她不愿与自身分离。与其被配种，她宁可禁欲。

埃尔金和露易丝已经不再做爱。她偶尔帮他射精，但拒绝让他进入她的身体。埃尔金接受这是他们婚姻条约的一部

---

① D.H. 劳伦斯的小说中有大量的情爱描写，直白而不隐讳。

分,露易丝也知道他召妓。哪怕是在更传统的婚姻中,他的癖好也会让这不可避免地发生。他现在的爱好是飞往苏格兰,泡个麦片浴,同时还有两个凯尔特艺伎给他的阴茎戴橡胶套。

"他不愿意在陌生人面前赤身裸体,"露易丝说,"除了他的母亲外,我是唯一一个见过他裸体的人。"

"你为什么还和他待在一起?"

"在他开始没日没夜地工作前,我们曾是很好的朋友。我跟他在一起能够过自己的生活,那时我很开心,直到后来发生了些事情。"

"什么事?"

"我在公园里看到了你,这比我们认识彼此要早得多。"

我想追问她。我的心脏跳得太快了,我感到衰弱无力,筋疲力尽,如同喝酒时没吃东西一般。不管露易丝要说什么,我都无法承受。我仰面躺着,注视着火焰映照下的影子。房间里有棵装饰用的棕榈树,它的叶子映射出一个巨大的怪异的影子。这个地方绝非只有平淡无奇的家庭生活。

在热情和痛苦的交织中,我发了低烧,在半梦半醒间度过了接下来的几个小时,小小的房间仿佛满是幽灵。窗边有人影透过棉布窗帘向外凝望,用低沉的声音与彼此交谈。一个男人在微弱的炉火边取暖。除了床之外没有其他家具，而床在飘浮。围绕在我们周围的脸和手不断变换、互相联结，终于如雾气般渐渐显现，慢慢扩大，巨大而模糊，然后又像孩子们吹的肥皂泡般消失。

人影呈现的形状我都认得：英奇、凯瑟琳、芭丝谢巴、杰奎琳。还有其他一些露易丝一无所知的人。她们离我那么近，把手指伸进我的嘴里、鼻孔里，掀起我的眼帘。她们指责我撒谎、背叛，我想要说话，但是张开嘴却没有舌头，只剩一片溃败的空洞。我一定是叫了出来，因为醒来时我正在露易丝的臂弯里，她俯下身来，手指放在我的额头上，安抚我，对我喃喃诉说："我永远不会让你走。"

怎样能够回到我的公寓？第二天早晨我打电话给动物园，要求与杰奎琳通话。他们说她没来上班。我发着低烧，只有一条短裤可穿，但是我想最好还是尽快试着与她沟通，解决这些事情。除了直面，没有其他办法。

露易丝把她的车借给我。我回到公寓的时候，窗帘还拉着，但是锁链从门上放了下来。我小心翼翼地推开门，猜想着杰奎琳可能会拿着搅肉机向我猛扑过来。我站在门厅叫她。

没有人回答。严格来说，杰奎琳没有与我住在一起，她在一幢合租房里有自己的屋子。她放了些东西在我的公寓，但是现在看来它们都不见了。门后面没有大衣，衣帽架上也没有帽子和手套。我去卧室看了看，那儿像经历了一场洗劫。不管杰奎琳前一天晚上做过些什么，她都不可能有时间睡觉。房间看起来像个鸡窝，到处都是羽毛。枕头被撕开，鸭绒被子被掏空。她把抽屉从衣柜里扯出来，像个训练有素的窃贼般把里面的东西都倒在地上。我过于震惊地呆站着，无法理解眼前的场景。我弯腰捡起一件T恤，又扔在了地上。她在衣服中间剪了个洞，只能当抹布用了。我回到起居室，这里好些，没有羽毛，也没有东西被打破，只不过所有的东西都不见了。桌子、椅子、立体声音响、花瓶、画、玻璃器皿、瓶子、镜子、灯，都不见了。这里仿佛充满禅意，令人忘忧。她在地板中央留下一束花，大概是因为她的车里装不下了。她的车。她的车曾像个犯罪后被逮捕的帮凶一样被锁了起来。她是怎么把我的东西都带走的？

我去小便。看起来这是个明智的举动，因为马桶还在。但是她把座圈拿走了。卫生间像是受到了有虐待倾向的变态水管工的攻击。水龙头被扭到一边，热水管道下面斜放着一只活动扳手，有人曾拼命想要切断我的水源。墙壁被人用粗头记号笔写满了字，都是杰奎琳的笔迹。她在浴缸上列了一长串自己的特点，并在水槽上列了一串更长的我的缺陷。天花板上写满了杰奎琳的名字，一遍又一遍，复制成一条迷幻电子乐风格的装饰带。"杰奎琳"与"杰奎琳"碰撞在一起。"杰奎琳"在黑色墨水里无止境地克隆。我走出卫生间，尿在了咖啡壶里。她不喜欢咖啡。我头昏眼花地回头看了眼卫生间的门，上面竟然用大便写着"屎"。怪不得那么臭。

花蕾里的虫。没错，大部分的花蕾里都有虫，可是遇到那种报复的虫该怎么办呢？我曾以为杰奎琳会悄悄地离开，正如她来时那样。

聪明的过来人认为不会有这样的结局，他们提倡一种明智的生活方式，没有太多热情，没有太多性，只有充足的蔬菜以及早睡的夜晚。在他们的世界，体面和理智盛行。他们无法想象，做出明智选择就等于给自己安装了一个定时炸弹。他们无法想象你已成熟到能被采摘，正等待着你生命中的机遇。他们没有想过一段爆炸式的生活会留下怎样的残骸。尽管这类事一而再、再而三地发生，它却不在他们的章程手册里。安顿下来，脚好好放在桌底下。她是个好女孩，他是个好男孩。都是陈词滥调惹的祸。

我躺在新禅房的硬木地板上，凝视着一只织网的蜘蛛。无知的自然。智慧的人类。我不是罗伯特·布鲁斯[①]，没有得到天启，只有巨大的悲伤。我不是那种以便利取代爱情，以调情取代热恋的人。我不想要居家拖鞋，也不想要街区中小小单间里的舞鞋。而现在的生活恰恰如此，不是吗？以超市的高效率把你的生活打包，不要把心和肝混淆。

我从不是居家拖鞋类型的人；从不是一个坐在房间里，绝望地相信对方又要加班开会的人。我从没有在十一点独自上床，假装睡着，耳朵却像看门狗般支棱着，注意着车道上汽车的动静。我从没有伸手查看闹钟，感到已逝时间的冰冷重量在我的胃里滴答作响。

大部分时候我都是舞鞋，女人们都很想和我玩乐。星期五晚上，有周末工作会议。是的，就在我的公寓里。她们脱去套装，分开双腿，把我拉到她们身上，休歇时再来点香槟和奶酪。当我们正干这事儿时，有人正注视着窗外天气的变

[①] 苏格兰历史上最重要的国王，王号"罗伯特一世"，他领导苏格兰人打败英格兰军队，确保王国独立。有传闻说他看到一只蜘蛛在暴风雨中结网，屡屡失败却没有放弃，于是受到鼓舞。

化,注视着闹钟,注视着电话,她说她会在会议结束后打电话的。她确实打了电话。她从我身上坐起来,拨了号码,把听筒抵在她的乳房上。她因为性爱和汗水而全身潮湿。"亲爱的,好的,外面下雨了。"

把灯调暗。这是在时间之外,在黑洞的边缘,我们无法前进也无法后退。物理学家正在研究,如果我们能够停留在黑洞边沿,接下来会发生什么。由于黑洞边界——视界的特殊性,我们将或许可以看着历史经过,而自己却永不成为历史的一部分。我们将永远被困于此,洞察一切却无人诉说。或许这就是上帝的所在,那么上帝就能理解不忠者的处境了。

别动。我们不能动,像餐厅鱼缸里的龙虾般被困。这是我们生命的疆域,这个房间,这张床。这是我们自由选择的骄纵的放逐地。我们不敢外出吃饭,谁知道我们会遇到谁?我们必须像俄国农民般谨慎,提前购买食物,必须把食物放在冰箱里冷冻,摆在火炉里烘烤,一直保存到见面那天。冷热交替,冰火相融,我们就生活在这样的极端里。

我们不嗑药,我们因危险性而精神亢奋,我们要考虑在哪儿见面,什么时候说话,公开见面时会发生什么,这些都令我们迷醉。我们以为没有人注意，但是窗帘边总有面孔，路上总有眼睛，他们没有什么可谈论的，于是就谈论我们。

把音乐调响。我们紧靠在一起跳舞，像一对五十年代的同性恋人。任何人敲门，我们都不会理睬。如果必须开门，我们会说她是我的会计师。我们什么都听不见，只有柔和的音乐像软管般带领我们在地板上翩然舞动。整个星期我都在等她，整个星期我都在时钟和日历的操控中煎熬。我想她或许会在星期四打电话来说她不能来了，这种事有时也会发生，尽管我们差不多五个周末才见一次面，除此之外，我们只有在那些偷来的下班时间才能幽会。

她像猫伸懒腰一样弓起身体。她在我的脸上摩擦着阴部，像站在门口的小母马。她闻起来像海，像我小时候见过的岩礁水坑，她在那里面藏了只海星。我俯身品尝着咸味，手指抚摸它的边缘。她像海葵般一开一合，每天都被新鲜的欲望之潮重新填满。

太阳不会停留在百叶窗的背后。光线在地毯上漾出波纹，淹没了房间。地毯在陈列室里看着那么端庄，如今却染上了一抹闺房红。据说这就是绛紫色。

她背光躺着，后背靠在一束光道上，光线在她的眼睑下改变了颜色。她渴望光线能够渗透她，粉碎她灵魂的麻木寒冷，数不清已有多少个夏天，没有任何东西能温暖她。她的丈夫像防水布一样覆在她身上。他艰难地进入她的身体，仿佛她是一摊沼泽。她爱他，他也爱她，他们依然是夫妻不是吗？

星期天，在她离开以后，我会拉开窗帘，给手表上好发条，洗干净堆在床边的碗碟。我会用剩菜做顿晚饭，挂念着在家里吃星期天晚餐的她，她正聆听着闹钟轻柔的嘀嗒声，还有那忙碌的双手帮她放洗澡水的声音。她的丈夫一定很可怜她，看看她的眼袋，她累坏了。可怜的宝贝，她几乎没怎么睡觉。把她裹在自己的被子里，很舒适。我会把我们的脏床单送去干洗店。

这些事令这个世界上的杰奎琳们感到心痛，而这个世界上的杰奎琳们又使这些事发生。没有其他的出路吗？幸福永远是一种妥协吗？

以前看牙医的时候，我常常读女性杂志。它们用性爱小贴士和诱惑男人秘籍构建起来的神秘世界让我神魂颠倒。光滑轻薄的纸页告诉我说，想知道你的丈夫有没有出轨，就去检查他的内裤和古龙水。这些杂志坚称当男人有情人的时候，他会想用更威风的内裤来遮盖他的阴茎，以显示雄威。他会想要新的须后水来掩饰他的踪迹。毫无疑问，杂志什么都知道。真命先生鬼鬼祟祟地锁上浴室门，试穿他崭新的六条装四角短裤（大码）。他穿了好久的三角短裤已经发灰，被丢弃在地板上。浴室镜子是为了能够好好看到他的脸而设，但为了看到更要紧的部位，他不得不站在浴缸的边缘，抓住浴帘的杆子，保持好身体的平衡。这样好些，现在他能看到的是一幅男性杂志广告里的画面，上好的棉布包裹着结实的身体。他心满意足地跳下来，再洒上一箩筐的时空旅人男士香水。真命女士在做咖喱，什么都没注意到。

如果是真命女士出轨的话，那就很难被发现了，杂志上是这样说的，它们什么都清楚。她不会去买新衣服，事实上，她会穿得尽量低调些，这样当她说晚上要去上中世纪鲁特琴音乐课时，她的丈夫就会相信她。除非她有工作，否则除了下午，她很难常常偷情却不被发现。这是不是很多女人选择去工作的原因？这是不是解释了金赛[①]发现的很多人更喜欢

[①] 阿尔弗雷德·金赛（Alfred Kinsey，1894–1956），美国生物学家和性学家，被评为20世纪中最具影响力的人物之一。

在下午做爱这一现象？

我曾有一个女朋友，她只能在下午两点到五点之间高潮。她在牛津的植物园里工作，负责种植橡胶树。付了钱、拿着门票的观光客随时可能到来，咨询她有关印度橡胶榕的问题，所以想要让她满足真是件棘手的事。然而激情驱使着我，让我在深冬去找她，从头到脚包裹严实，一跺脚就从靴子上落下厚厚的雪来，像是从《安娜·卡列尼娜》里跑出来的人物。

我一直很喜欢渥伦斯基①，但我并不相信生活能照搬文学。朱迪思深深地沉浸在康拉德的书里。她坐在橡胶树中间读《黑暗的心》。我对她说过的最色情的话大概是："库尔兹先生——他死了。"我听说，苏联人在室外裹着层层毛皮，到室内又脱到只剩短裤，这令他们十分痛苦。这也是我要面对的问题。朱迪思住在恒温的暖房里，穿着短裤和T恤。我却不得不随身带着轻薄的衣服，或是披着件粗呢外套，冒险冲过严寒。一个安静的下午，我们在一株藤蔓植物下的木屑上做完爱，就争吵了起来，她把我锁在了暖房外面，我在窗

---

①《安娜·卡列尼娜》里的人物之一，是那个时期贵族圈子里最性感的男性，风流成性。

户间跑来跑去，徒劳地拍打着玻璃。外面在下雪，而我只穿着条米老鼠连衣裙。

"你不让我进去，我会死的。"

"那就死吧。"

我还年轻，还不想就这样被冻死。于是我尽量装作满不在乎地穿过几条街，跑回我的住处。一个退休老头捐给了我五十便士，而我没有被捕。我们应该对小小的慈悲心怀感恩。我打电话告诉朱迪思一切都结束了，她能把我的衣物还给我吗？

"我都烧了。"她说。

或许我注定无法拥有任何俗世财物。或许它们阻碍了我的精神进步，因而更高阶的自我不断地选择不让我被物质所累的境况。这是个令人宽慰的想法，比做个容易受骗的白痴要稍稍好些……而朱迪思的屁股，我怀念它。

出现在我幼稚的虚荣心里的，是露易丝的脸和露易丝说过的话，"我永远不会让你走"。这正是我害怕的，也是我在那么多段不稳定的关系中一直逃避的。我沉醉于恋情中最初的六个月。那是午夜的电话，迸发的激情，彼时的爱人就像是为快要用尽的电池准备的电流。在经历了芭丝谢巴的打击之后，我告诉自己，再也不要重蹈覆辙。我曾怀疑自己或许喜欢受打击，如果是这样，那我至少该学会多披件外套。杰奎琳就是一件外套，她蒙蔽了我的感知能力。与她在一起，我忘记了自己的感觉，只沉溺于满足感之中。你说满足感也是一种感觉？你确定它不是感觉的缺失吗？我把它比作看完牙医后特有的麻木。既不痛苦，也没有摆脱痛苦，只是轻微的麻痹。满足是顺从的积极面，它有吸引力，但是当身体明明想要赤裸的时候，却穿着外套、毛皮拖鞋，戴着厚手套，这样真的不太好。

我与杰奎琳交往之前，从没想过我的前女友们。我从未有过那个时间。可与杰奎琳在一起后，我却陷入了对爱冒险的陆军上校的拙劣模仿，穿着粗花呢，放着一排战利品，对每样东西都有一打回忆。我发现自己正幻想着和前女友们喝杯雪利酒，调调情，英奇、凯瑟琳、芭丝谢巴、朱迪思、埃斯特尔……埃斯特尔，我有几年都没有想起过埃斯特尔了。她做废弃金属生意。不，不，不！我不想像科幻恐怖片中演的那样回到过去。埃斯特尔有一辆装着充气后座的破旧劳斯莱斯，这对我来说又有什么意义呢？我到现在还能闻到那股皮革味。

露易丝的脸。在她热烈的注视下，我的过去付之一炬。爱人如硝酸。我是在期盼露易丝成为我的救世主吗？用她无上的能力清洗我的功绩和罪孽，只留下干净洁白的平面。在日本，人们用蛋白来做处女膜替代品。一个新的处女膜可以维持至少二十四小时。在欧洲，我们更爱用半个柠檬。不仅因为它有天然避孕的作用，而且有了它，男人最坚硬的部分便很难在女人最柔软处抛锚。紧致得常常被误认为是崭新的；男人相信他的小新娘有令人满意的紧密深度。他可以期待着一英寸一英寸地进入她。

欺骗很容易。不忠也不值得炫耀。刚开始，利用别人对你的信任不会给你带来丝毫损失。你逃脱惩罚，你会要的更多一点，再多一点，直到无以为继。奇怪的是，你索取了那么多，双手本该装满，但摊开时却一无所有。

当我说"我会对你诚实"时，我在描绘一个超越一切欲望的安静空间。没有人能对爱情立法；它不接受命令，也不为奉承动摇。爱情属于它自己，无视请求，对暴力也无动于衷。爱情不可协商。它比欲望更强烈，是拒绝诱惑的唯一恰当理由。有人说诱惑可以被阻挡于门外。他们认为，零星的欲望可以被赶出心灵，就好像当初钱币兑换商被赶出圣殿①那样。或许是可以，但前提是你要在你的弱点旁日夜巡逻，不张望，不嗅闻，不做梦。最值得信赖的保险就是婚姻，教堂许可，政府认证。你发誓将忠诚于他或她，誓言便像被施了魔法般保证未来一定如你所愿。出轨关乎性，同样也关乎幻灭。魔法并没有奏效。你付了所有的钱,吃了蛋糕,但魔法却不奏效,这不是你的错，不是吗？

婚姻是抵制欲望的最脆弱的武器。还不如拿一把玩具枪对付蟒蛇来的有杀伤力。我有一个朋友告诉我他要结婚了，他是个非常富有的银行家，环游过世界。我很吃惊，因为我知道这么多年来，他一直在与一个舞蹈演员纠缠着，她出于自己某种狂热而又合理的理由，始终不愿意给出承诺。最后他失去了耐心，选择了一个经营骑术学校的友善、沉稳的女孩。在他婚礼前的那个周末，我去他的公寓做客。他告诉我他对于婚姻是多么认真，在了解了婚礼流程以后又感到它是多么美好，在婚姻的条约限定之中，他感受到

---

①据《新约》记载，耶稣和使徒们来到耶路撒冷准备过逾越节，却在圣殿中见到钱币兑换商。于是耶稣一行人把钱币兑换商逐出，谴责他们的行为玷污了圣殿。

了幸福。这时门铃响了,他收到一货车的白百合。他满腔热情地布置花朵,跟我说着他关于爱情的理论,门铃又响了,他收到一箱凯歌香槟和一大罐鱼子酱。他让人布置好了桌子,而我注意到他一直在看手表。

"结婚以后,我无法想象我还会渴望其他女人。"这时门铃又响了。这次是那位舞蹈演员。她来这儿过周末。"我现在还没有结婚。"他说。

当我说"我会对你诚实"时,我一定会是认真的,尽管我们并没有正式手续,而我说这话也不是为了例行公事。如果我精神出轨,那我也就失去了你一点,你那面孔明朗的形象会变得模糊。一次两次我或许还注意不到,我或许还因能够在脑海中享受肉体的欢愉而自鸣得意。然而我终将把那块点燃我们之间火花的锐利火石磨钝,将我们对彼此凌驾于一切之上的欲望磨钝。

《金刚》。那只巨大的黑猩猩攀在帝国大厦的顶端,手里握着菲伊·雷[①]。一队飞机被派去攻击这只怪物,而它却像

[①] 菲伊·雷(Fay Wray, 1907–2004),著名演员,1928年因主演《婚礼进行曲》而名声渐起,1933年出演《金刚》,塑造了经典荧幕形象。

赶苍蝇般把它们赶走。在欲望的控制下,一架侧面写着"已婚"的两座双翼飞机根本伤不到这头野兽。你将依然在夜里无法入睡,旋转着手上的婚戒,一圈又一圈。

与露易丝在一起时,我想做些不一样的事情。我既渴望度假,又期盼假期后的归乡之日。她如利刃般为我的生活带来兴奋刺激,而我必须笃信这一切会突破六个月的时限。我的生物钟让我晚上睡觉,早晨醒来,以二十四小时为单位规范着我,但它仿佛还有一个更长的周期,以二十四个星期为限。我能驾驭它,我曾经做到过,但是我无法阻止它运作。我与芭丝谢巴在一起的时间最长,相爱整整三年,瞒过了准确计时的生物钟。但实际上,她很少出现,因此在被她占据的一长段时间中,她几乎不在我的生活中。这或许就是她的秘诀。如果她每天和我一起睡觉,一起吃饭,一起洗漱沐浴,或许在六个月后我就已经离开她了,或者至少已经在渴望着离开她。我想她知道这一点。

所以是什么在影响着生物钟?是什么在干扰它,调慢它,拨快它?这些问题触及一门晦涩的科学分支,叫作时间生物学。人们对生物钟的兴趣越来越大,因为随着我们的生活方式越来越违背自然,我们希望能够诱使自然为我们改变她的模式。夜间工作者和空中飞人绝对是顽固生物钟的受害者。荷尔蒙与生物钟息息相关，社会因素和环境作用也同样重要。从这些乱麻中一点点显现出重要影响的，是光。投射在我们身上的光线总量对生物钟起着决定性作用。光。太阳像圆锯一样穿过身体。我是否要像日晷般臣服于露易丝直率坦诚的注视下呢？这是一场冒险；人类没有阴影遮蔽就会发疯，但若不如此，又怎么能够打破一生的习惯呢？

露易丝用她的双手捧着我的脸，我能感觉到她长长的手指滑过我的两颊，大拇指抵着我的下巴。她靠近我，温柔地吻我，舌头探进我的下唇。我抱着她，不确定自己是情人还是孩子。我希望她把我藏在她的裙子底下，抵御一切威胁。欲望的锐角依然存在，但也有安全的、困倦的休憩，宛如睡在我童年时的一条小船里。她轻轻晃动着我，风平浪静，蓝天白云，一条玻璃底的小船，没有什么可害怕的。

"起风了。"她说。

露易丝，让我在你的身体里航行，穿越激荡的风浪。我像独木舟里的圣人般心怀希望。是什么让他们在公元一千年前的那些岁月里，仅凭几块木板和皮革就渡海航行？是什么让他们确信有一片未被发现的全新大陆？现在我能想象到他们的样子，啃着黑面包，吸吮着蜂巢蜜，在一块兽皮下躲雨。他们的身体历经风吹雨打，灵魂却变得透明。大海只是征途而不是目的地，即便有噩兆，他们也相信大海。

最早的朝圣者们共有一座心灵教堂。这并不是他们用双手打造的神殿。他们是上帝召唤而来的人。引导他们穿越海浪的歌声，是萦绕着船桨的圣歌。他们只为上帝歌唱。看看他们，仰着头，张着嘴，那么孤独，只有栖息在船头的海鸥为伴。在咸涩的海水和苍凉的天空间，他们的歌声织成赞美的屏障。

爱引领他们向前。爱带领他们回家。爱让他们握桨的双手更坚实，让他们抵御风雨的身体更温暖。他们的旅程非常人所能理解；谁会离家驶向一望无际的大海？而且没有指南针，而且是在冬天，而且独自一人。看一个人为何而冒险，就可以了解他珍视的东西，在爱的面前，家和追寻合而为一。

露易丝，我愿意为你将我的过往付之一炬，向前走，不再回望。过去我曾经如此鲁莽，不计成本，忘却代价。如今我已提前做好计算，知道若要将自己从一生的积恶中赎回，需要付出多少。我知道，但是我已经不在乎了。你将一个未受回忆侵扰的空间放在我面前，这可能是一场虚妄，也可能是种解脱。我当然想要冒这个险，我想要冒这个险，因为我现有的生活已经在发霉。

她吻了我，她的吻里蕴藏着激情的复杂。那是情人的、也是孩子的吻，是贞洁的、也是淫靡的吻。我之前真的曾被吻过吗？我像未见过世面的小马驹般害羞。又如同茂丘西奥①般神气活现。我昨天还曾与这个女人做爱，我的嘴里还留有她的味道，而她会留下来吗？我像个女学生似的颤抖。

"你在发抖。"她说。

"我一定是冷了。"

"让我来温暖你。"

我们躺在我家的地板上，背朝日光。我不再需要光亮，有她的抚摸就已足够，她的手指扫过我的皮肤，惊起神经末梢。我闭上眼睛，顺着她的脊柱，沿着这条她身体上的卵石路，开始了旅行，我走向一道裂缝，经过一片潮湿的山谷，接着沉入深壑。除了在情人身体上发现的地方，这世界上还有什么其他去处？

---

① 《罗密欧与朱丽叶》中亲王的侄子，罗密欧的朋友。

做完爱，我们安静地躺在一起，看着下午的太阳坠入花园，欣赏着暮色里长长的阴影在白墙上留下的花纹。我握着露易丝的手，感受着它的存在，但也意识到一段更深远的亲密关系或许就要开始，我将了解这个人，比意识更深入，她不仅停留在我的脑海中，更栖居在身体里。我不太能理解这种感觉，心想这会不会是假象，我从未有这种感觉，但我曾经在一对相爱多年的夫妻身上见到过。时间没有冲淡他们的爱情。他们仿佛成了彼此，却并没有丧失自我。这种情形我只见过一次，我嫉妒他们。露易丝的奇异之处是，和她在一起的感觉似曾相识。我不可能完全了解她，却又真切地了解她。我对她的了解并非在于有关她的数据和事实，我对她的生活仍感到无尽的好奇，我了解她，是在于我对她有一种特别的信任。那个下午，我感觉自己似乎一直以来都与露易丝在一起，我们如此熟悉。

"我和埃尔金说了，"她说，"我告诉他你对我来说意味着什么。我还告诉他我们上床了。"

"他说了什么？"

"他问哪张床。"

"哪张床?"

"他口中的'我们的婚床'是他自己做的,当时我们还住在小房子里,靠我赚的钱过日子。他那时在培训,我在教书,他利用晚上的时间做了那张床……床很不舒服。我告诉他我们睡的是我的床,那张姐妹榻……然后他就平静了些。"

我能够理解埃尔金对他那张床的感情。芭丝谢巴总是坚持让我和她睡她的婚床。我得睡在他那一边。我不愿意侵犯无辜的事物,床应该是个安全的地方。如果在它被别人占有时你都不能拒绝,那么它就不再安全了。现在我承认自己有所顾忌,但是当时我依然那么做了。我确实为此而鄙视自己。

"我告诉埃尔金我必须要见到你,必须拥有与你来往的自由。我告诉他我不会说谎,也不希望他对我说谎……他问我是否会离开他,我告诉他,坦诚地说,我真的不知道。"

她把脸转向我,表情严肃而不安:"我真的不知道,你希望我离开他吗?"

我吞了吞口水,拼命想找出答案。从我心里直蹦喉咙的答案是"是的,现在就收拾东西走吧"。但我不能这样说,我用头脑给出了答案。

"我们能不能走一步看一步?"

露易丝的表情暴露了她内心的想法,虽然只有那么一瞬间,但是我读懂了她的想法,她也希望我让她离开埃尔金。我想尽量帮助我们俩找到出路。

"我们可以三个月后再决定。这样对埃尔金、对你都更公平些不是吗?"

"那你呢?"

我耸耸肩:"我和杰奎琳已经结束了,如果你需要我,我随时都在。"

她说:"我想要给你更多,而不仅仅是偷情。"

我看着她可爱的脸,我想,我还没有准备好。我的靴子还沾染着过往的泥浆。我说:"昨天你生我的气,指责我是在猎取战利品,你告诉我,直到我能向自己确证对你的爱时,再向你表达爱意。你是对的。给我点时间去做那些我该做的事情。别帮我把一切变得太轻易。我想要确信。我希望你也能确信。"

她点点头:"两年前看到你的时候,我就觉得你是我所见过的男人和女人里最美的。"

两年前,她在说什么?

"我在公园里看到过你。你自顾自地走路,自言自语,我跟踪了你差不多一个小时,之后才回家。我从未想过还能再见到你,你曾是我脑海里的一个幻想。"

"你经常在公园里跟踪别人吗?"

她大笑:"从未有过,仅此一次。我第二次看到你的时候,是在大英图书馆里。"

"我在翻译?"

"是的,我记下了你的座位号码,然后问工作人员知不知道你的名字。我知道你的名字以后就找到了你的地址,于是,六个月前你就在家门前的那条路上看到了一个湿透潦倒的人。"

"你当时说你的包被偷了。"

"是的。"

"你问我能不能让你把衣服烘干,再给你丈夫打个电话。"

"是的。"

"这些都不是真的?"

"我必须得和你说话,这是我当时唯一能想到的方式。这么做确实不太聪明。后来我遇到了杰奎琳,我想我必须停止这么做,我又想到了埃尔金,我试图停止。我哄骗自己,让自己相信我们能成为朋友,如果我成了你的朋友,那也足够了。我们确实成了很好的朋友,不是吗?"

我仔细回忆在雨中遇见露易丝那天的场景。她看起来像是从迷雾中走出的精灵。她的头发上缀着明亮的雨滴,闪闪发光,雨水顺着她的胸部淌下来,乳房的轮廓被湿透了的棉布裙勾勒得一清二楚。

"是爱玛·汉密尔顿夫人①教会了我这个办法,"露易丝说,仿佛知道我在想什么,"她曾在外出前弄湿自己的裙子,这种做法招致争议,却对纳尔逊奏效。"

别再提纳尔逊了。

是的,那天,从卧室窗户里看到她后,我便冲了出去。这一举动对我来说完全出于善意,但也让我非常高兴。第二天是我给她打的电话,她亲切地邀请我过去吃午饭。这些我都能理解,但我不能理解的是她这样做的动机。我并不缺乏自信,但是我承认自己并不美。只有极少数人配得上"美"这个字,比如露易丝她自己。我把这些想法告诉了她。

"有些东西你无法看到,但我看得到。"她轻抚我的脸庞,

---

① 曾有英伦第一美女之称,然而在英国历史上,她也曾声名狼藉。在成为汉密尔顿夫人前,有过多段艳情,是那不勒斯著名的交际花,全欧洲的梦中情人,曾是纳尔逊将军的情妇。

"你是一池清水,阳光在那里嬉戏。"

一阵猛烈的敲门声响起。我们都跳了起来。

"肯定是杰奎琳,"露易丝说,"我就知道她天黑了会回来。"

"她又不是吸血鬼。"

敲门声停止了,一把钥匙小心地插入了锁孔。刚刚的敲门声是杰奎琳在检查有没有人在家吗?我听到她走进来,去了卧室。然后她打开客厅的门,看到了露易丝,大哭起来。

"杰奎琳,你为什么要偷走我的东西?"

"我恨你。"

我劝她坐下来喝点什么,但是她一接过玻璃杯,就立马朝露易丝扔过去。她没有扔中,杯子在露易丝身后的墙上碎裂了。她冲过去,挑了块最大最锋利的玻璃碎片,划向露易丝的脸。我抓住她的手腕,向后拧着她的胳膊。她尖叫着扔掉了玻璃。

"滚,"我说,仍然抓着她,"把钥匙还给我,然后滚出去。"像是我从未在乎过她。我只想从记忆中将她清除,抹去她那张怒气冲冲而又愚蠢的脸。她不应该被如此对待,在内心的某个角落，我知道是我的软弱让我们走到这可耻的一天，与她无关。我本该平息一切，避开争端，可我却打了她一巴掌，从她的口袋里抢过钥匙。

"这个巴掌是为卫生间而打的。"我说。她摸着流血的嘴唇，蹒跚着走向门边，唾了我一脸，我提起她的领子把她拽进车里。她的车打着滑开走了，没开车灯。

我站着看她离去，双手无力地垂在两侧，我叹了口气，坐在公寓旁的矮墙上。空气凉爽，使人平静。我怎么会打了她？我一直为自己是个好伴侣而骄傲，我聪明敏感，注重礼节，以礼待人，现在却表现得像个垃圾堆里可鄙的恶棍。她激怒了我，我就用拳头来回应她。这样的事情在法庭上出现过多少次？而又有多少次我对其他人的暴力嗤之以鼻？

我抱头痛哭。这丑陋的做法，是我干的好事。又一段失败的感情，又一个受伤的人。什么时候才能停止？我在粗糙的砖墙上拖动双手，指节在墙面摩擦。总会有一个借口，总会有一个好理由能解释我们的所作所为。可我却一个都想不出来。

"好吧。"我对自己说，"这是你最后的机会。如果你还有什么价值，现在就展示出来。要对得起露易丝。"

我回到屋里，露易丝一动不动地坐着，看着手里的玻璃，仿佛它是个水晶球。

"原谅我。"我说。

"你打的不是我，"她转向我，丰满的嘴唇抿成一条直线，"如果你打我，我就会离开你。"

我的胃部抽搐了一下。我想为自己辩解，但说不出话来。我不相信自己的声音。

露易丝起身去了卫生间，我没有提醒她。我听到她打开门，突然倒吸了口冷气。她走回来，伸出手。那晚，我们一直在打扫卫生，直到天亮。

绳结有趣的地方在于它形式上的复杂。哪怕是最简单的三叶草结，只有三瓣基本对称的叶片，也同时具备了数学与艺术的美感。对于犹太教和基督教教徒来说，所罗门王①的绳结包含了一切知识的精华。对于世界各地的地毯工和织布工来说，绳结的挑战在于它的出人意料。编法可以改变，但是

---

①传说中古代犹太王国的国王，其事迹被记录在《旧约》中。所罗门王在位期间，把首都耶路撒冷建为圣城，并成功使国家达到鼎盛。"所罗门王结"又叫高尔丁结，复杂难解，是一切疑难问题的代称。

它们必须遵从一定的规则，一个随随便便扎成的绳结只会是一团乱麻。

露易丝和我困在了爱情的单线圈里，缠绕我们身体的绳索并没有突然的扭曲和危险的转向。我们的手腕没有被捆绑，脖子也没有被套住。在十四十五世纪的意大利，有一项体育运动颇受欢迎：用一根粗壮的绳子把两个搏击者捆绑在一起，让他们互相殴打至死。致死原因通常是败者无法后退，而胜者绝不会饶过他。胜者会获得这根绳子，在上面打个结。他只需晃着绳子走过街道，就能够把路人吓得主动掏钱。

我不想成为你的对手，也不想你成为我的。我不想为了获得愉悦而伤害你，把那根捆绕着我们的绳子弄乱，逼你跪下，又拽你起来。这是混乱的生活在公众面前展现的形象。我希望萦绕在我们心头的绳圈带来的是指引而不是恐惧。我不想把绳子拽得太紧，让你无法忍受。我也不想让绳子松垂，线头自行脱节，松开的绳索长得足够我们上吊。

我坐在图书馆里，把这些话写给露易丝。我看着一份配有插图的手稿复本，它的第一个字母是巨大的 L。L 在流畅的钢笔线条间与自在穿行的鸟和天使互相交织。这个字母是一个迷宫。字母之外，在 L 的顶端，站着一位戴帽子穿修士服的朝圣者。字母的中心那片有两个L，组成了一个长方形空间，里面画着耶稣。朝圣者该如何穿越这个对鸟和天使来说如此容易的迷宫？我花了很长时间想要看穿迷宫的路线，却总在死胡同里遇上笑盈盈的毒蛇。我放弃了，合上书，完全忘记了第一个词语是LOVE。

接下来的几个星期里，露易丝和我尽可能多地在一起。她对埃尔金小心翼翼，我对他们俩都小心翼翼。这种小心翼翼正逐渐消耗着我们的精力。

一天晚上，在享受了海鲜千层面和一瓶香槟酒以后，我们激烈地做爱，姐妹榻在我们的欲望涡轮的驱动下，挪移了位置。我们从窗边开始，在门边结束。众所周知，软体动物是春药，卡萨诺瓦[①]就在取悦女人前生吃贻贝，但当时他也相信热巧克力的催情功效。

手语，聋哑人的语言，它在身体上标记了身体的渴望。是谁教你在我的背上写下血书？是谁教你把手当成烙铁？你在我

[①] 贾科莫·卡萨诺瓦（Giacomo Casanova，1725–1798），极富传奇色彩的意大利冒险家、作家，18世纪享誉欧洲的大情圣。其作品《我的一生》因描述他自己的各种风流韵事而流传甚广。

的肩膀上刻下你的名字，标上你的记号。你的指腹变成印版，在我的皮肤上敲下字句，在我的身体里敲下意义。你的莫尔斯电码干扰着我的心跳。在遇见你之前，我曾有一颗坚毅的心脏，我倚之生存，它服役多年，已变得强壮。现在你用自己的节奏改变它的律动，你在我身上演奏、敲击，令我紧张。

写在身体上的，是只有在特定光线下才能看到的密码，是一生时光的累积。在这记录的羊皮纸上，有几处被反复使用，字母像盲文般凸起可感。我蜷起身体，远离窥视的眼睛。永远不透露太多，永远不说出完整的故事。我并不知道露易丝有双可以阅读的手，她已经把我翻译成她自己的书。

为了埃尔金，我们尽量保持安静。他安排了外出，但是露易丝觉得他仍然在家。在黑暗与寂静中，我们彼此爱抚。我用手掌循着她的骨骼抚摸她，心想时间会如何对待这于我来说如此新鲜的皮肤。我对这身体的感觉会不会变淡？为什么热情会褪去？时间使你我枯萎。我们会像熟透的水果一样掉落，一起滚入青草。亲爱的朋友，让我躺在你的身边，看着云朵，直到泥土将我们覆盖，直到我们死去。

第二天早晨，埃尔金来吃早饭了。这令人震惊。他看起来就像他的衬衫一样苍白。露易丝悄悄地坐到长桌末端她自己的座位上。我在中间找了个座位,往一片吐司上涂了黄油,咬了一口。这串动作的声音振动了桌子。埃尔金皱了下眉头。

"你非要弄出那么大的声响吗?"

"对不起,埃尔金。"我说着,把面包屑撒在了桌布上。

露易丝微笑着把茶壶递给我。

"你在高兴些什么?"埃尔金说,"你也没怎么睡觉。"

"你说过今天才会回来的。"露易丝轻声说。

"我回家来了。这是我的房子。我付钱买的。"

"这是我们的房子,而且我告诉过你,我们昨晚会在这里。"

"我还不如睡在妓院。"

"我还以为你就是睡在那儿的。"露易丝说。

埃尔金起身把餐巾扔在桌上:"我累坏了,但还得去工作。我的工作性命攸关,可是因为你,我今天不能保持最好的状态。你或许该觉得自己是个凶手吧。"

"或许吧,但我不会这么想。"露易丝说。

我们听到埃尔金咔嗒咔嗒地把他的山地自行车抬出门廊。透过地下室的窗户,我看见他系紧他的粉色头盔。他喜欢骑自行车,他认为这对心脏有好处。

露易丝陷入沉思。我喝了两杯茶,把杯碟洗了,正想着回家的事，这时露易丝从身后抱住我，下巴抵在我的肩膀上。

"这样下去不行。"她说。

她让我等三天，答应到时候会给我来信。我点点头，默默地回到自己的角落。我无法自拔地爱着露易丝，心里感到非常害怕。这三天来，我又一次试图为我们的感情找到合理化的解释，在狂风骤浪中搭建一个港湾，可以在那里泛舟，欣赏风景。然而那里没有风景，只有露易丝的脸。我仍然疯狂地想念她，超乎常理地想念她。我根本不知道她接下来会怎么做。我仍然将我所有的恐慌加诸她的身上。我依然希望她成为我们这场探险的领袖。为什么我难以接受我们其实一样，都在沉溺，沉溺于彼此？宿命是一个令人不安的概念。我不想被命运主宰。我想要自己选择。但或许露易丝必须是被选择的一方。如果选项就只剩下是露易丝和不是露易丝，那我就别无选择。

第一天，我坐在图书馆里试图翻译些东西，却在记事簿上草草写下了我心里真实的疑惑。恐惧让我恶心难受，我害怕再也见不到她。我不会出尔反尔，我不会给她打电话。我环顾那一排勤奋工作的脑袋，黑发、金发、白发、秃头、假发，远处有一头明亮如火焰般的红发。我知道那不是露易丝，但是却无法让目光离开那抹颜色。它抚慰着我，如同任何玩具熊都能够抚慰一个离家的孩子那般。它不是我的，却与我的相似。如果我眯起眼睛，那抹红色就占据了整个空间。穹顶被红色照亮。我觉得自己像石榴里的一颗种子。有人说石榴才是夏娃真正吃下的水果，是代表子宫的水果。我愿意吞下它，走向毁灭，以品尝你的味道。

"我爱她，我又能怎么办？"

坐在我对面穿针织马甲的男人抬起头，皱了皱眉。我大声说话，坏了规矩。更糟糕的是，我在对自己说话。我收拾好书，在保安猜疑的注视下冲出阅览室，穿过大英博物馆宏伟的立柱，沿着台阶走下楼。我开始往家走，一边说服自己露易丝再也不会与我联系。她会与埃尔金一起去瑞士，生个孩子。一年前露易丝在埃尔金的要求下辞去了工作，准备受孕。她曾经流产过一次，再也不想经历这种事了。她告诉我，她坚决不要孩子。我相信她吗？她给了一个值得相信的理由，她说："孩子可能会长得像埃尔金。"

理由。我做了个皮拉内西①式的噩梦。在梦里，通畅的

---

① 乔凡尼·皮拉内西（Giovanni Piranesi, 1720–1778），18世纪意大利著名建筑师和艺术家。他是后巴洛克风格的代表人物。

道路和正常的台阶无法通往任何地方。我的意识引领我沿着扭曲的楼梯向上走,来到一扇门前,我打开门,里面却什么都没有。我知道我的问题部分源于战时的旧伤发作。只要我的境况与和芭丝谢巴在一起时有任何相似之处,我就会崩溃。芭丝谢巴总是要求我给她时间,让她做出最终决定,结果却只带回来一纸妥协。我知道露易丝不会做出任何妥协,她只会消失。

十年的婚姻很长。我无法公正客观地描述埃尔金。更重要的是,我不曾遇到过另一个埃尔金,那个当初和露易丝结婚的埃尔金。露易丝爱过的人不可能毫无长处,如果我否定他的价值,就等于承认我也可能毫无可取之处。至少,我从没有强迫她离开埃尔金。离开与否将由她自己决定。

我曾有个男朋友叫"疯狂弗兰克"。他是被侏儒养大的,而他自己足有六英尺高。他爱他的养父母,还曾在两边肩膀上各扛一个。我在巴黎的图卢兹·罗特列克①作品展上遇见

---

① 图卢兹·罗特列克(Toulouse Lautrec,1864–1901),后印象派最重要而又最具个人风格的画家之一。他自幼残疾,因无法发育完全而变成侏儒。他的作品大多描绘沙龙、咖啡店、夜总会和妓院场景。

他时,他就这样抬着他们。我们去了酒吧,出来后又去了另一家酒吧,喝得烂醉,当我们躺在廉价旅馆里的破床上时,他告诉我他对迷你的东西着迷。

"如果你再小一号就完美了。"他说。

我问他是不是上哪儿都带着父母,他说是的。他们不需要多大的空间,而且他们能帮他交到朋友,而他自己非常害羞。

弗兰克的身体壮得像公牛,他在乳头上穿着的粗重金环更是强化了这个印象。可惜的是,他用金色粗链把这两个圆环连了起来。这本该更让他彰显男子气概,结果它看起来却像是香奈尔购物袋的包链。

他不想安定下来。他的志向是在每个港口都找到一个洞穴居住,他对具体的位置并不讲究。弗兰克相信爱情是被发明出来愚弄人的。他笃信性与友情。"大家难道不是都对朋友比对情人好吗?"他警告我永远不要陷入爱情,但是太晚了,因为我已经爱上了他。他是个完美的浪荡子,一只手提着行囊,另一只挥手告别。他从不在任何地方停留太久,在巴黎只待了两个月。我央求他与我一起回英国,他大笑,说只有已婚夫妇才去英国。"我要自由。"他说。

"但是你到哪里都带着你的父母。"

弗兰克去了意大利，我回到英国。整整两天我都沉溺在悲伤里，心如刀绞，然后我想，一个男人和他的侏儒父母，这是我想要的吗？一个走路时胸口的首饰叮当乱响的男人？

这是很多年前的事，但想起时我还是会脸红。性会被当成爱情，或者可能是负罪感让我把性当成爱情。我经历了那么多，现在该知道我与露易丝之间是什么感情。现在我该做个成年人了，但我为什么还感觉自己像个修道院里的处女？

在这场酷刑的第二天，我带着手铐去图书馆，把自己铐在了座位上。我把钥匙交给那个穿针织马甲的男人，让他五点放我走。我告诉他我要赶截稿时间，如果不按时完成翻译，一位苏联作家就不能在大不列颠获得政治避难。他拿了钥匙，什么都没说，但是大约一小时后，我发现他从座位上消失了。

我继续工作，图书馆里专注而安静的氛围把我从对露易丝的想念中稍微解脱出来。为什么头脑无法决定它自己思考的内容？为什么当我们极度想要思考某件事情时，总会想起另外一件事？露易丝这座高耸的拱门让我无心思虑其他建筑。我喜欢脑力活动，我觉得脑力工作很容易，做起事来也很快。过去,不管发生了什么,我都能够在工作中得到安宁。如今连这种能力也背弃了我。我成了游手好闲之徒,必须被锁在这儿。

每当脑海中出现露易丝这个词,我就用一面砖墙来代替它。几个小时之后,我的脑子里除了砖墙,什么都没有。更糟糕的是,我的左手肿了起来,我想这是因为被绑在椅子腿上,血液不流通。那个男人不知去向。我朝一个保安示意,低声告诉他我遭遇的麻烦。他又叫了个保安过来,两人一起抬起我的椅子,像抬轿子般把我抬出了大英图书馆的阅览室。这里的学术氛围太好了,竟然没有人抬头看我们。

在管理员办公室里,我试图解释。

"你是共产党员吗?"他问。

"不,我是无党派选民。"

他让人把我松开,并指控我蓄意破坏阅读室的椅子。我试图让他改成"意外破坏",但是他不肯。接着他郑重其事地填写好报告,让我交出图书阅览证。

"我不能交阅览证。这是我的营生。"

"在你把自己铐在图书馆的公共财产上之前你就该想到这一点。"

我交出了阅览证,拿到一张上诉单。我还能更倒霉些吗?

答案是肯定的。整个晚上我都像个私家侦探似的在露易丝的家门外徘徊,看着一些窗户里的灯暗下去,另几扇窗户里的亮起来。她睡在他的床上吗?这与我有什么关系?我与自己进行着精神分裂症般的对话,从黑暗的时刻一直到微小的时刻。把它称为微小的时刻,是因为我的心脏已经萎缩成豌豆大小,不剩下任何希望。

早晨回到家,我浑身发抖,可怜巴巴。我乐于发抖,因为这或许预示着我将发烧。如果我这几天神志不清,她的离开或许就不会让我那么痛苦。幸运的话,我大概还会死去。"人们一代一代地死去,他们的尸体给蛆虫吃了,可是决不会为爱情而死。[1]"莎士比亚说错了,我就是一个活生生的证明。

"你得死了才能证明,"我对自己说,"如果你还是个活生生的人,那就证明他是对的。"

我坐下来立了份遗嘱,把所有的东西都留给露易丝。我的

---

[1] 语出自莎士比亚戏剧《皆大欢喜》第四幕,译文选自朱生豪译本。

头脑和身体还正常吗？我量了下体温。不。我照照镜子仔细看了看自己的脸。不。最好躺到床上，拉起窗帘，拿出杜松子酒。

这就是露易丝在第三天晚上六点找到我时，我的样子。她从中午就开始打电话，而我昏昏沉沉，没有听到。

"他们拿走了我的图书阅览证。"我见到她的时候说。

眼泪唰地流下来，我在她怀里号啕大哭。除了帮我洗个澡，给我一杯安眠药水，她也束手无策。在我迷糊着昏睡过去时，我听到她说："我永远不会让你走。"

谁也不知道是什么力量让两个人在一起。有很多说法：星相、化学反应、互相需要、生理驱使。全世界的杂志和手册都在告诉你如何挑选一个完美的伴侣。相亲机构强调他们方法的科学性，尽管拥有一台电脑并不会使人变成科学家。古老的浪漫之歌被人们演奏成了时髦的电子乐。如果你可以把自己交给科学，为什么还要自己去碰运气？很快，披着伪实验室外衣、以注重细节驰名的约会就要让位给真正的实验，而后者的结果无论有多不寻常，至少是可以操控的。他们这样声称。（看看原子分裂、基因治疗、体外受精、交叉激素培养，甚至低等阴极射线等实验是怎么说的吧。）没有关系。虚拟现实已经快要实现了。

眼下，要进入一个虚拟世界，你必须戴上像人们在二十世纪四十年代常戴的那种简陋的潜水头盔，以及一副像园艺手套般厚重的特殊手套。穿戴好这样的装备以后，你就会置身于一台全景电视设备里面，它播放三维影像、立体声音，还有实体物件可供你触摸和移动。你不用再从固定的视角观看电影，这是一个你可以探索的电影世界，如果你不喜欢它，甚至可以对它进行改变。你感觉自己好像身处现实世界，戴着潜水头盔和园艺手套完全不碍事。

再过不久，这些装备将被一间能容人进入的房间取代，从这一点来看，这个房间与其他的房间并无两样，只不过它是一个智能空间。它将是一个全方位覆盖的虚拟世界，在这个世界中，一切由你自行选择。如果你愿意，你可以整日整夜地生活在由电脑设计的世界里。你可以与虚拟情人过虚拟生活。你可以到虚拟屋子里做虚拟家务，添一两个孩子，甚至可以试试看自己是不是更想当个同性恋。或者单身。或者异性恋。既然都可以模拟，那还犹豫什么？

那么性呢？当然可以。确切的说法是，远程性爱。你可以利用远程系统连接到由数以亿计、纵横交错的光学纤维构成的网络中来，在虚拟世界中与你的伴侣相遇。你的真实自我将穿着每平方英寸都由无数细小的触觉探测仪制成的衣服。这些探测仪能够接收光学纤维网络中别人向你表达的好意，并传递他人的抚摸。虚拟的表皮将与你自己的皮肤一样敏感。

而我这样一个老派的人，则宁愿搂着你，在英国真实的雨天里，走过英国真实的潮湿草地。我宁愿横穿整个世界与你在一起，也不要在家里和你远程交流。科学家们说我可以选择，但是在面对他们的其他发明时，我又有多少选择的余地？生活不再是我自己的，不久我将不得不奋力争取我的现实生活。卢德派[①]？不，我不想粉碎机器，但也不想被机器粉碎。

八月。街道像电炉一样炙烤着我们。露易丝带我去了牛津以逃避埃尔金。她没有告诉我那三天里发生了什么，像战时特工一样保守秘密。她微笑着，不动声色，完美的间谍女孩。我不信任她，我觉得她就快要和我分手，她一定已经与埃尔

[①] 19世纪初英国手工业者组成的集团，他们反对以机器为基础的工业化，在诺丁汉等地从事破坏机器的活动。

金和好,但出于对我的愧疚,便央求埃尔金同意了这次罗马假日,把它作为摆脱我的办法。我的胸口如同塞满了石头。

我们散步,在河里游泳,像其他情侣一样背靠背看书。我们每时每刻都在聊天,谈天说地,唯独不谈我们自己。我们身处虚拟世界,此处唯一的禁忌就是现实生活。但是在真正的虚拟世界里,我可以轻轻地拾起埃尔金,将他永远地扔出屏幕画面。而现在,在我的眼角余光中,埃尔金一直在等待、等待。他在我们的生活中潜伏着,直到它发生变动。

在出租房里,我们打开窗户抵御炎热。外面是夏天密集的喧闹声:街道上的叫喊声、槌球的咔嗒声、笑声,以及突然从楼上传来的由一架叮当响的钢琴断续演奏的莫扎特乐曲。一只狗正汪汪叫着,追逐割草机。我把头枕在你的肚子上,能够听到你吃的午饭一路滑向肚肠的声音。

你说:"我要离开了。"

我想,是啊,你当然要离开,你要回到空壳里。

你说:"我要离开他,因为我对你的爱让其他任何一种生活都变成谎言。"

我把这些话藏进衣服的内衬,趁别人不注意时,像个珠宝窃贼一样把它们偷偷拿出来。它们没有褪色。关于你的一切都没有褪色。你依然是我血液的颜色。你就是我的血液。当我照镜子的时候，我看到的不是自己的脸。你有两个身体。一个是你一个是我。我能确定哪个是哪个吗？

我们回到我的公寓，除了身上穿着的衣服，你没有从原先的生活中带来任何东西。埃尔金坚称在离婚协议生效之前，你什么都不能拿走。你请求他以出轨的理由与你离婚，但他坚持将无理行为作为离婚理由。

"这能让他保住面子，"你说，"出轨让他戴绿帽。无理行为则让他成为受害者。一个疯妻子总好过一个坏妻子。他会对他的朋友们说什么呢？"

我不知道他对他的朋友们说了什么，但是我知道他对我说了什么。露易丝和我已经一起幸福地生活了将近五个月。时值圣诞季，我们从树林中摘来冬青和常春藤条，把它们编成花环，装饰公寓。我们很穷；我接手的翻译工作没有达到应有的量，而露易丝要等过完新年才能重新开工。她找了份工，教授艺术史。这些对我们来说都不是问题。我们肆无忌惮地快乐着。我们歌唱，嬉戏，走几英里的路，看看沿途的楼群和路人。珍宝早已从天而降，而这珍宝就是我们彼此。

现在想来，那些日子对我来说有如水晶般清透。不管我以什么角度把它们对着光线，它们都会折射出不一样的颜色。露易丝穿着她的蓝裙子，用裙摆收集冷杉球果。在紫色天空的映衬下，露易丝看起来像前拉斐尔派①作品里的女主角。我们嫩绿色的生活和十一月最后的黄玫瑰。颜色渐褪后，我只能看到她的脸。然后我听到她清脆纯洁的声音："我永远不会让你走。"

到了平安夜，露易丝要去探访她的母亲。她的母亲一直很讨厌埃尔金，直到露易丝告诉她，她要与他离婚。露易丝希望这充满善意的季节能带给她好运，所以当星星闪烁着明亮冷酷的光芒时，她披散着头发出门了。我微笑着挥手告别，设想着她在俄罗斯大草原上该有多美。

我正要关门，一个黑影冲我走来。是埃尔金。我不想请他进来，可他正用难以置信的友善态度威胁着我。我的脖子像动物般刺痛。但为了露易丝着想，我必须克服和面对。

我给了他一杯喝的，他漫无目的地絮絮叨叨，直到我再也无法忍受。我问他到底想要干什么。是关于离婚的事情吗？

---

① 1848 年在英国兴起的美术改革运动。前拉斐尔派画家反对当时盛行的秀媚甜俗、空虚浅薄的艺术风格，认为真正的艺术存在于文艺复兴时期的拉斐尔之前。

"可以这么说,"他微笑着说,"我觉得有些事情你应该知道。露易丝一定没有告诉过你。"

"露易丝什么都和我说,"我冷冷地说,"就像我什么都对她说一样。"

"真令人感动,"他盯着威士忌里的冰块说,"那么,她得癌症了,你听到这个消息也一定不会吃惊吧。"

离开地表两百英里以上就没有重力了。运动定律不再适用,你可以慢慢慢慢地翻跟斗,重量不复存在,你也不会跌落。当你躺在太空中划动四肢时,你或许会注意到你的脚正远离你的头,你慢慢慢慢地伸展,四肢越来越长,关节脱离了它们平常的位置。你的肩膀和胳膊之间失去了连接,骨头将一块一块崩离,身体将支离破碎,逐渐离散,灰飞烟灭。

我在哪里?这里的一切都那么陌生。这不是我所认识的世界,不是我曾装点配置过的小船。这个慢动作空间是什么?我的胳膊举起又放下,举起又放下,像是对墨索里尼[①]的戏

[①] 贝尼托·墨索里尼(Benito Mussolini, 1883－1945),意大利国家法西斯党党魁、法西斯独裁者。演讲时擅用激情的语言和夸张的动作煽动听众。

仿。这个眼珠转动的男人是谁？他的嘴巴像间毒气室般敞开，他尖酸恶毒的语言灌进了我的喉咙和鼻孔。房间发臭，空气浑浊。他在毒害我，而我无法逃脱。我的脚不听使唤。我生命中那些熟悉的船只压舱物去了哪里？我绝望无助地反抗。我想要搏斗，可身体却不见踪影。我想用坚固的东西支撑自己，可是这里没有什么是牢靠的。

事实，埃尔金，告诉我事实。
白血病。
从什么时候开始的？
两年前。
她没发病。
现在还没有。
什么样的白血病？
慢性淋巴细胞白血病。
她看起来很好。
病人在一段时间里也许都不会有症状。
她没事。
她第一次流产后我为她做了血球计数。

她第一次？

她严重贫血。

我不明白。

这很少有。

她没有发病。

现在她的淋巴结肿大。

她会死吗？

它们像橡胶一样但是不疼。

她会死吗？

她的脾脏并不肿，这是好事。

她会死吗？

她体内的T淋巴细胞过量。

她会死吗？

要看情况。

看什么情况？

看你。

你是说我能照顾她？

我是说我可以。

埃尔金走了以后，我在圣诞树旁坐下，看着摇晃的天使和麦芽糖蜡烛。他的计划很简单：如果露易丝回到他身边，他将提供她无法用钱买到的照料。她将跟他去瑞士，接触最前沿的疗法。作为病人，不管她多有钱，都不可能得到那样的治疗。作为埃尔金的妻子却可以。

针对癌症的治疗粗暴有害。一般情况下，露易丝会接受类固醇治疗，用大量药物控制病情。当脾脏开始增大，她就要接受脾脏放射治疗，甚至进行脾脏切除手术。那时她将严重贫血，忍受严重瘀青和出血的痛苦，在大部分时间里感到疲惫和疼痛。她会便秘，会恶心、呕吐。最终，化疗将导致她的骨髓衰竭。她会变得很瘦，我美丽的女孩会变得瘦削、疲倦、迷失。慢性淋巴细胞白血病无法治愈。

露易丝回家时，脸上结了层亮晶晶的薄霜。她的两颊泛着明媚的红色，吻我的时候嘴唇冰凉。她把冻僵的手探进我的衬衫里，像两块烙铁般按在我的后背。她哆嗦着说外面有多冷，聊着星星、清澈的天空，以及月亮，说它像是挂在从世界屋顶垂下来的一根冰柱上。

我不想哭，我本想温柔平静地与她说话。但我还是哭了，滚烫的眼泪飞快地滚落到她冰凉的皮肤上,我的悲伤灼伤了她。忧愁是自私的,伤感是自私的。眼泪为谁而流?或许已经别无他法。

"埃尔金来过这儿,"我说,"他告诉我你得了血癌。"

"并不严重。"她连忙说。她希望我怎么做?

"癌症还不严重?"

"我还没有病症。"

"为什么你不告诉我?难道你不能告诉我吗?"

"并不严重。"

我们之间第一次出现沉默。我现在想对她发火,心中满怀怒气。

"我在等结果。我做了一些检查,现在还不知道结果。"

"埃尔金知道结果,他说你不想知道。"

"我不信任埃尔金。我在等待第二医疗意见。"

我盯着她,握紧拳头,指甲掐入手掌。当我看着她的时候,我看到的是埃尔金戴着眼镜的方脸。不是露易丝丰满的双唇,而是他洋洋得意的嘴。

"我可以和你聊聊这件事吗?"她说。

晚上，我们裹着旅行毯躺在彼此怀里，她向我诉说着她的恐惧，我也向她倾吐我的担忧。我们一直聊到天空变成蓝黑色，然后变成珍珠灰，聊到冬天微弱的阳光照在我们身上。她心意已决，不会再回到埃尔金身边。她对这病很了解，而我也要去学，我们俩将共同面对。那天晚上，那间冰冷的小屋环抱着我们的生命，我们两个需要安慰的人在小屋中彼此说着勇敢的话，互相安慰。我们一无所有地出发，而露易丝病了。她有信心可以用离婚后分得的财产付清一切费用。我不是那么确定，但那天晚上我实在太累，也得到了宽慰，没法想得更远。为了再次走近彼此，我们已经走得够远。

第二天露易丝出门以后，我去见了埃尔金。他仿佛在等着我，我们走进他的书房。他的电脑屏幕上显示着一个新游戏，叫"实验室"。一个好科学家（由玩家操控）和一个疯科学家（由电脑操控）彼此竞争，看谁先创造出世界上第一个转基因西红柿。被植入人类基因后，西红柿会自己变成三明治、酱汁，或者最多可以选三种配料的比萨。但这样做合乎伦理吗？

"玩一盘吗？"他说。

"我是为露易丝的事情来的。"

他把她的检查报告摊在桌上，报告预计露易丝大概还剩一百个月的时间。他提醒我说，如果露易丝感觉身体无恙，她很容易对自己的状况放松警惕，而等到她开始失去体力的时候，情况就会改变。

"但是为什么要在她还不是一个病人的时候，就把她当作一个病人来治疗？"

"如果现在治疗，就有可能治好她。谁知道呢？"他微笑着耸耸肩，敲了几下键盘。西红柿抛了个媚眼。

"你不知道吗？"

"癌症是不可预知的，这是身体在和自己过不去。我们还不理解这种状况。我们知道发生了什么，但是不知道它为什么发生，也不知道如何阻止。"

"那你就没有什么可以为露易丝做的了。"

"除了救她的命。"

"她不会回到你身边。"

"你们到这岁数居然还做着浪漫的幻梦？"

"我爱露易丝。"

"那么就救她。"

埃尔金坐回到电脑屏幕前，他觉得我们的谈话到此为止了。"问题在于,"他说,"如果选错了基因,我就会被喷番茄酱,你现在了解我的麻烦事了吧。"

亲爱的露易丝:

我爱你胜过爱生命。与你在一起的时光是最快乐的,我从不知道竟能如此幸福。爱情有质地吗?我们之间的情愫真实可感,我用双手掂量着它的分量,就像你把脑袋靠在我的手上,我掂量着它时那样。我紧紧抓住爱情,如同登山者抓住绳索。我早知道我们的前路陡峭,却没有预料到我们竟会走到垂直的岩壁跟前。我们可以爬上去,我知道的,可是承受重担的将会是你。

今天晚上我将要离开,我不知道我会去哪儿,我只知道我不会再回来了。你不用离开公寓;我已经做好了安排。能令你安全的是我的家,而不是我的怀抱。如果我留下,那么痛苦无助地离去的将是你。我们的爱不能以你的生命为代价。我无法承受。如果能换作是我的生命,我将欣然付出。你抛下所有,不顾一切地来找我,这就足够了。不需要更多了,露易丝,不需要再付出了,你已经给我了一切。

请跟埃尔金一起走吧,他答应会告诉我你的情况。我每天都会想你，每天想你很多次。你的手印遍布我的身体。你的肉体就是我的肉体。你破解了我的密码，我变得简单易读。而我传达的信息很简单：我对你的爱。我希望你活着。原谅我犯下的错误，原谅我。

我收拾行李坐火车去了约克郡，掩盖了踪迹，让露易丝无法找到我。我带走了翻译稿件和我手头的钱，这些钱是交完一年房租后剩下的，足够支撑我生活几个月。我找了一间乡下小屋，弄了一个信箱，方便出版社和一个答应帮助我的朋友联系我。我在一个高档葡萄酒吧里找了份工作。这是一家专为"新式难民"设计的晚餐吧，这些人认为炸鱼和薯条过于工薪阶级。我们供应法式炸薯条和从未见过悬崖的多佛比目鱼。我们还供应裹在厚冰块里的斑节虾，有时候我们会不小心把冰块虾掉进饮品中，"这是我们的新品，先生，叫虾岩上的威士忌。"这么一说，每个人都会要一份。

我的工作是把弗拉斯卡蒂冰白葡萄酒端到时髦精巧的小餐桌上，并接受点单。我们提供地中海特选（炸鱼配薯条）、帕瓦罗蒂特选（比萨配薯条）、古英国人特选（香肠配薯条）和情侣特选（两人份牛排配薯条和香醋）。本来还有一张单点菜单,但是没有人找得到。整个晚上,那扇气派的绿呢装饰厨房门来回摆动,从中能够瞥见两个戴尖塔状帽子的厨师忙忙碌碌。

"凯文,再来份比萨。"

"她要多加点甜玉米。"

"那就给我们个罐头起子吧。"

微波炉像美国航天局的终端设备般排列在一起,不断发出嗡嗡声,而大部分声音被酒吧低音喇叭催眠的砰砰声吞没。从没有人问过他们的食物是怎么做出来的,就算他们问起,也会被一张签有主厨致意、印有厨房照片的明信片打消所有疑虑。照片中的不是我们的厨房,但可能曾经是。明信片上面的面包白到发亮。

我买了辆自行车,骑车往返于酒吧和出租屋,二者相距二十英里。我希望自己筋疲力尽到无法思考。但是轮子每转一圈,我都还是会想起露易丝。

我的小屋里有一张桌子、两把椅子、一块挂毯和一张放着破床垫的床。如果我需要取暖,就劈开木头生把火。这间小屋早已被废弃,没有人想要住在里面,也没有其他人傻到要租下它。屋子里没有电话,浴缸被放置在一间隔成两部分的房间中央，风呼哧呼哧地穿过一扇用木板草草钉住的窗户，地板嘎吱乱响，像是海默①恐怖片里的场景。屋子里脏乱，压抑，这再好不过。屋子的主人觉得我是个傻瓜。我确实是个傻瓜。

壁炉旁有张油腻腻的扶手椅，萎缩在松弛的椅套里，像一个老头穿着他年轻时的西装。就让我坐在上面吧，永远不必起身。我想要在这里腐烂，慢慢地陷入已经褪色的图案，隐没在枯萎的玫瑰中。如果你透过肮脏的窗户往里看，就会看到我的后脑勺从椅子的边缘凸显。你会看到我的头发，稀疏、变少、变白、消逝。椅子上的死亡头颅，荒芜花园里的玫瑰座椅。如果活动意味着生命，生命意味着希望，那么活动又有什么意义？我既没有生命，也没有希望。还不如与摇摇欲坠的护墙板一起坍塌，混杂在灰尘中，再被吸入某人的鼻孔。每天我们都呼吸着已死之人。

生命体的特征是什么？学校的生物课告诉我，答案是：排泄、生长、应激性、运动、营养、繁殖和呼吸。这些在我看来并不太有生命力。如果这就是作为一个生命体的全部特

---

① 海默制片公司出品了不少经典恐怖片，代表作包括《科学怪人的诅咒》等。

征，那么我还是死了更好。人类生命还有什么其他普遍的特征吗？被爱的渴望？不，这没有被纳入繁殖这一生命体特征中。我并不想生育繁殖，但我仍然想获得爱情。繁殖。过分讲究的安娜女王风格餐厅家具变成了简单的实木家具。这是我想要的吗？模范家庭，二加二的简易家庭组合。我不想要模范，我想要彻底的原创。我不想繁殖与我相似的后代，我想创造全新的事物。多么好胜的话语，但我已斗志全无。

我试着做些打扫。我从破败的花园里剪了一些迎春花，摆在了屋子里，它们看起来就像贫民窟里的修女。我买了一把锤子和一些硬板，修补了漏风最严重的地方。这样我就不用一边坐着烤火，一边吹着冷风。这是项成就。马克·吐温为自己造了间屋子，屋里的火炉上方有扇窗，这样他就能够看着雪花落入火焰。我有一个漏雨的洞，还有一段漏雨的人生。

到这儿的几天后，我听到外面有一阵含糊的恸叫。这声音本该充满挑衅和威胁，可是却并非如此。我套上靴子，拿着手电筒，跌跌撞撞地穿过一月的雪泥。泥浆又深又黏，为了保证门口能有一条畅通的小径，我必须每天都在上面撒灰。泥浆会浸湿灰烬，而雨水槽又从屋顶直接连到门阶上。一阵狂风就能把屋顶的瓦片带落。

有一只瘦削肮脏的猫紧挨墙脚——如果这些湿漉漉、鼓囊囊、被青苔连接在一起的砖垛可以被称为墙的话。它看着我,眼里怀着希望和恐惧。它湿透了,浑身发抖。我没有犹豫,弯腰拎住它的后颈,就像露易丝拎着带走我一样。

借着手电筒的光,我发现这只猫和我自己都很脏。我上一次洗澡是什么时候?我的衣服发臭,皮肤发灰,头发泛着油光,挫败地耷拉着。猫的身体一侧沾了油,腹部的毛上都是烂泥浆。

"这是约克郡沐浴之夜。"我说着,把猫抱进了那个老旧的瓷釉浴缸。浴缸有三只脚是完好的,第四只脚垫在一本《圣经》上。"万古磐石为我开,容我藏身在主怀。[①]"我用一连串的尖叫、恳求、火柴和燃料迫使一只老掉牙的水壶重新活了过来。最后它咕咕叫着,噼啪作响,在墙皮剥落的浴室里喷出散发着恶臭的水蒸气。我能看到猫的眼睛,它吓坏了,死盯着我。

[①]语出自圣诗《万古磐石为我开》("Rock of Ages, Cleft for me"),作者是英国圣公会牧师托普雷迪(A. M. Toplady, 1740–1778)。译文选自顾明明的《古今圣诗漫谈》。

我们洗干净了，我们俩都是，它被包裹在一块擦手巾里，而我披着我唯一的奢侈品，一条毛茸茸的浴巾。它头上的毛紧贴着头颅，脑袋看起来很小，一只耳朵上有个缺口，一只眼睛上有道可怕的疤。我温柔地哄它喝了碗牛奶，但它仍然在我怀里发抖。之后，我们躺在摇摇欲坠的破床上，蜷缩在一条被糟蹋得不管怎么晃羽毛都不动弹的羽绒被里，喝饱了牛奶的猫发出咕噜咕噜的声音。整个晚上它都躺在我的胸口。我没怎么睡觉。我尽量在晚上保持清醒直到彻底筋疲力尽，这样就能跳过满怀心事的人多梦的浅睡。有些人白天挨饿，结果他们有所节制的身体却在夜晚洗劫了冰箱，抓起生肉，吞食猫粮、厕纸和任何能够满足身体需要的东西。

躺在露易丝的身边时，我常常感到一种愉悦，它引领我们走向性爱，却又与性爱的过程相独立。她身体美妙柔和的温暖，皮肤的温度与我的完美契合。我从她身边挪开，几个小时之后又会再次翻转过身体，把自己嵌入她背脊的曲线。她的味道。独特的露易丝的味道。她的头发。一块覆盖着我们的红色毯子。她的腿。她从未把它们刮到彻底光滑。我喜欢那种残留的粗糙感，那些刚刚开始长回来的茸毛。我不知道它们的颜色，因为她不会让它们长出来，但是我能够用脚感受到它们。我的脚顺着她的胫骨滑下去，她长长的腿骨，骨髓丰裕。骨髓中产生红细胞和白细胞。红和白，露易丝的颜色。

丧偶指南教你睡觉时把枕头放在身边。不是竹编抱枕①，那是热带地区的人们放在两腿间用来吸汗的抱枕，不是那种。"在漫长的不受打扰的时间里，枕头会给你安慰。你睡着时，会下意识地因为它的存在而感到好受些，你醒来时，床会看起来不那么大，也不那么让人感觉孤独。"谁写了这样的指南？他们那些名不见经传、心怀关切的心理咨询师真的认为，两英尺长的亚麻填充物能够安抚一颗破碎的心？我不要枕头，我想要你会动会呼吸的身体。我想要你在黑暗中握住我的手。我想要翻到你身上，进入你的身体。我在夜里辗转反侧时，床如大陆般宽广，留出无尽的空白，而你将不会出现于此。我一寸一寸地探寻，然而你不在这里。这不是个游戏，你不会突然跳出来给我一个惊喜。床是空的。我躺在这里，但床是空的。

我给猫取名叫希望，因为第一天它就给我带来一只兔子，

---

① 原文为 Dutch wife，本意是竹编抱枕，但是英国人后来也将其解释为人尽可夫的荡妇。

我们把它配着小扁豆吃了。那天我做了些翻译。我从酒吧回来的时候，希望竖着一只耳朵在门边等我，满是期盼，有那么一瞬间，清晰的一瞬间，我忘了我做过的一切。第二天我骑车去了图书馆，但没有照计划去俄罗斯文学区，而是去了医学类书籍区。我开始着迷于解剖学。如果我不能把露易丝赶出我的脑海，那么就让她将我淹没。借助医学的语言，通过一个会吮吸、会流汗、有贪欲、会排便的自我的冷静视角，我发现了一首给露易丝的情诗。我要继续了解她，了解比我渴望着的皮肤、毛发和声音更私密的地带。我要拥有她的血液，她的脾脏，她的关节滑液。我会认出她，即便她的身体早已灰飞烟灭。

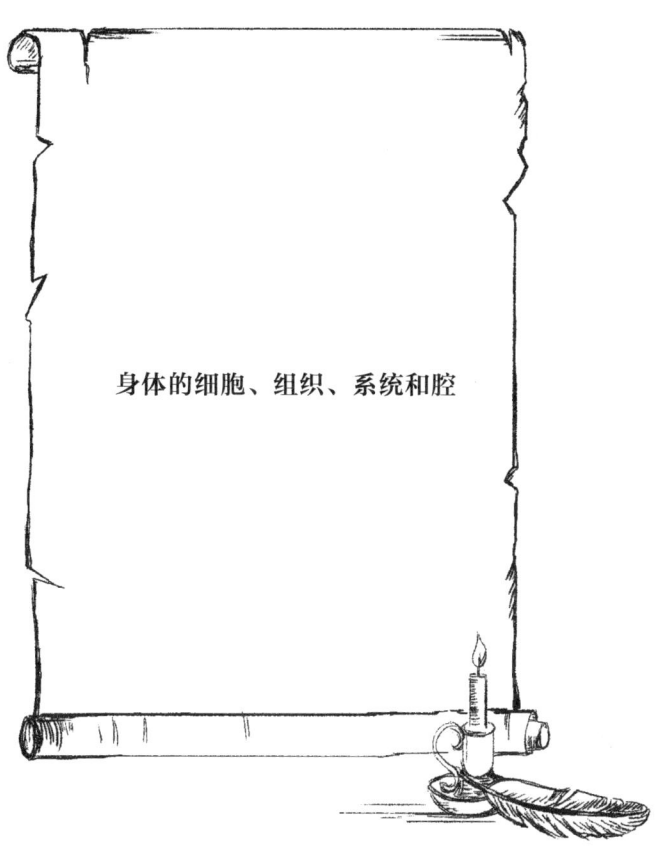

身体的细胞、组织、系统和腔

细胞的有丝分裂贯穿于个体生命的始终。个体成年前，细胞分裂速度更快。个体成年之后，新细胞的形成是为了取代死去的细胞。神经细胞却是个值得注意的例外。它们死了以后不会被取代。

在胸腺①的隐秘之处，露易丝的机体对自身表现出过分的重视。她可靠的生理机能依赖于一定的规约，而T淋巴细胞却变成了强盗。它们不遵守规矩，涌入血液，打破了脾脏和肠道的平静，在淋巴结里骄傲地膨胀。它们的职责本是保护她的身体不受外敌伤害，它们是她的免疫系统，是她抵御感染的保障。现在它们却变成了叛徒。安保部队反叛了。露

---

① 胸腺为机体的重要淋巴器官，其功能与免疫紧密相关，是T淋巴细胞分化、发育、成熟的场所。

易丝成了政变的受害者。

能不能让我潜入你的身体,为你站岗,在它们冲向你的时候,困住它们?为什么我不能阻拦它们污染你血液的盲目潮汐?为什么门静脉里没有闸门?你的身体内部是单纯无知的,不懂何谓恐惧。你的动脉管信任它们运载的货物,从不检查血液里的运送物。你已超载满溢,但是看门人睡着了,体内发生了谋杀。谁在这里?让我举起我的灯。只是血液;红细胞正把氧气输往心脏,血小板确保正常凝结。只有少量白细胞,B型和T型,如往常一样,一边行进一边吹着口哨。

忠实可靠的身体犯了个错误。现在不是心不在焉地一边仰望天空一边给通行证盖章的时候。扑面而来的是成百上千的白细胞。太多了,它们全副武装,只为一项根本不需要做的工作。不需要吗?还带着那么多的武器?

它们来了,随着血液飞奔而来,想挑起战争。没有谁要与之一战,除了你,露易丝。现在你成了外敌。

人体的一些组织部分用肉眼就能看见，如口腔黏膜，但是构成组织的成千上万个细胞却小到只有在显微镜的辅助下才能看到。

肉眼。多少次，我曾用充满情欲的肉眼欣赏你。我见过你赤身裸体，弯腰清洗，见过你背脊的曲线，你小腹的弧度。我把你压在身体下检查，看到你两腿间留下的伤疤，那是你在带刺铁丝网上跌倒时留下的痕迹。看着像是被动物抓伤的，它用钢铁般的指甲滑过你的皮肤，留下粗糙的记号，标示着你的归属。

我的眼睛是棕色的，像蝴蝶般扑扇着从你身边飞过，沿着它的象牙海岸，从一端通向另一端。我知道可以栖息和觅食的森林在哪里。我用肉眼为你的身体绘制地图，并将你保存于视线不可及之处。成千上万个构成你身体组织的细胞都在我的视网膜上留下了印记。夜航时,我知道自己的确切位置。你的身体就是我的降落跑道。

我用舌头和唾液来感知你的口腔。它的山脊、谷地、起伏的屋顶、牙齿的堡垒。你上唇内部光滑的表面上有一个粗糙的旋涡,那里曾受过一次伤。嘴和肛门的组织愈合得比其他地方都快,但总会为留意观察的人留下记号,我就是个留意观察的人。你的嘴里藏着个故事,一辆撞坏的车和一块粉碎的挡风玻璃。伤疤是唯一的目击者,皮肤上依然留有针脚,参差不齐,像决斗后的伤痕。

我用肉眼数你的牙齿,包括那些补过的牙齿。门牙、犬牙、白齿、小白齿,本该有三十二颗,你有三十一颗。做完爱,你对着食物狼吞虎咽,满嘴油腻。有时候你咬的是我,在我的肩膀上留下浅浅的伤口。你是否想在我身上留下印记,好与你的伤疤相称?我留着伤口,如同佩戴着荣誉勋章。我的衬衫下你的牙印清晰可见,但是那个文在我身体里的字母 L 却无法用肉眼看见。

为了方便描述，人类的身体被分隔成不同的腔。颅腔里包含大脑，颅骨构成颅腔的边界。

让我进入你的身体。我是研究坟墓的考古者，我此生都将致力于在你的身体，在这座令人难忘的陵墓中标记通道、入口和出口。青春和健康的漏斗与深井是如此紧实神秘。一根蠕动的手指很难摸索得到前厅的入口，更不用说一路推至宽阔而水润的大厅，那里藏着子宫、肠道和大脑。

老人和病人，鼻孔外张，眼窝形成深深的干涸池塘。他们嘴巴松弛，牙齿从第一道防线上脱落，甚至连耳朵也都大得像喇叭。身体正在给蛆虫让路。

我要将你制成标本，封存在记忆中，第一件事就是要把你的大脑从你乐于放行的颅腔里挖出来。我已经失去了你，便不能任由你发展,你必须是一张照片而不是一首诗歌。你必须抛却生命,因为我也是无生命的。我们将一起下沉,你和我,下沉,沉入到那曾经有过重要器官的黑暗空无之中。

我一直欣赏你的头部轮廓。你有强壮的前额和长长的头顶。你的后脑成球根状略微鼓起,在后颈处陡然而下。我曾无所畏惧地沿着你的头颅滑下。我曾用双手捧住你的头,抱着它,安抚着它的挣扎,压抑着自己的欲望,不去探索皮肤下面真正的你的所在。你存在于这空旷的颅腔中。在那里,世界根据你博杂的分类而构建和确定。它是死亡和虚华的奇异组合,全知的大脑,全能的女人,精通技艺,专长甚广,可以弄弯汤勺,也可以解出高等数学题。有着坚硬边界的空间隐藏了脆弱的自我。

我无法穿着毫无渍迹的衣衫进入你的身体,我的手里满是用于记录和分析的工具。如果我带着一把手电筒、一本笔记本、一份医药图表和一块清洁秽物的抹布走向你,我会把你包裹得井井有条,干净利落,像鸡肝一样储藏在塑料袋里。我会将子宫、肠道、大脑整齐地分类和归位。这是不是了解另一个人的方法?

我知道你的头发如何从发髻中散落,在光照下轻抚你的肩膀。我了解你颧骨中的钙质。我知道你的下颚携带着武器。我曾用双手捧住你的头，但我从不曾拥抱你，不曾拥抱那个处于你自己的空间、心灵和生命微粒中的你。

"探索我。"你说，我带好我的绳索、细颈瓶和地图，以为很快就能回家。然而我坠入了你广袤的世界，找不到出路。有时候我觉得自己是自由的，像被鲸鱼吐出来的约拿①，但是紧接着一转弯，我就又认出了我自己：被困在你皮肤里的我自己，停驻在你骨头里的我自己，漂浮在装饰着每个外科大夫墙面的腔体里的我自己。我就是这样了解你的。你就是我所了解的样子。

---

①据《圣经·约拿书》记载，为了惩罚不接受安排而私自出海的约拿，上帝派海里的鲸鱼吞下他，他在鱼腹中深刻反省自己的过错，并不断向上帝祷告。最后，上帝吩咐鲸鱼将约拿吐出来，使他得以生还。

皮肤

皮肤由两个主要部分组成：真皮和表皮。

在你的身上，我最熟悉的那部分是已经死了的，想到这里就觉得很奇怪。你皮肤表面的细胞又薄又平，这里没有血管和神经末梢。这里有死皮细胞，在手掌和脚底堆积得最厚。你坟墓似的身体以逝去的形态奉献于我，保护着身体柔软的内部不受外部世界的入侵。我就是一个入侵者，以嗜尸癖般的痴迷轻抚你，深爱着展列于我面前的躯壳。

死去的你时常被死去的我拂去。你的细胞掉落剥离，成为尘螨和臭虫的养料。你的剥落物维系着生命的群落，它们靠死去的皮肤和脱落的头发为生。你什么都感觉不到。你怎么可能感觉得到呢？你所有的感觉都来自更深处，在那片生机勃勃的地方，真皮层正自我更新，制造出另一层装甲。你是名穿着耀眼盔甲的骑士。

　　拯救我。把我拉到你的身旁，让我抓紧你，将你环腰抱住，把头靠在你的背脊。你的气味抚慰着我入睡，我可以深陷你身体这条温暖的鹅绒被里。你的皮肤尝起来咸咸的，还有些柑橘的味道。当我的舌头滑过你的乳房，留下湿润的痕迹，我能够感觉到细小的绒毛、乳晕的皱褶和乳头的锥体。你的乳房是涌着蜜的蜂巢。

　　我是由你饲养的生物，是提供完美服务的随从。休息吧，让我解开你的鞋带，按摩你酸痛起茧的双脚。你的一切都不会令我反感；汗水不会，污垢不会，疾病和它阴郁的印记也不会。把你的脚放在我的腿上，我会帮你剪指甲，缓解这漫长一天的紧张。一天来，你为了找到我而历尽辛苦，浑身瘀青，皮肤像裂开的无花果般青紫。

　　白血病患者的身体很容易受伤。现在我无法粗暴待你，让你带着近乎痛苦的欢愉尖叫。我们曾在彼此的身体留下瘀青，使充血的毛细血管破裂。细如发丝的管道在动脉与静脉之间纵横交错，分叉的血管书写着身体的渴望。你曾经因为欲望而潮红，那时我们曾是主宰，我们的身体是与我们一同追求欢愉的同谋。

我的神经末梢对你身体温度的细微变化敏感异常，不再是简单地度量热或冷，我试图感知你皮肤变厚的那一秒。激情开始，体温上升，心跳变重加快。我知道你的血管在膨胀，你的毛孔在扩张。情欲引起的生理反应很容易辨别。有时候你会像只小猫一样打四五个喷嚏。这是多么寻常的事情，全世界每天发生成千上万次。你的身体在我的抚摸下发生变化，一个平凡的奇迹。然而，如何相信这个显而易见的惊喜？你竟然渴望着我，难以置信，令人惊异。

我像个掉价而过时的人一样靠回忆活着，一直坐在炉火边的椅子上，抚摸着猫，大声说着傻话。地上摊着一本掉落的医学教科书，对我来说，这是一本咒语之书。皮肤，上面写着。皮肤。

你像牛奶般洁白，新鲜好喝。你的皮肤会变色吗？它的光泽会消退吗？你的脖子和脾脏会肿胀吗？你腹部紧致的轮廓会在不孕的负荷下鼓起吗？或许会是这样，那么我珍藏的你的私人画像将会变成糟糕的复制品。或许会是这样，但如果你破碎了，我也会随你而去。

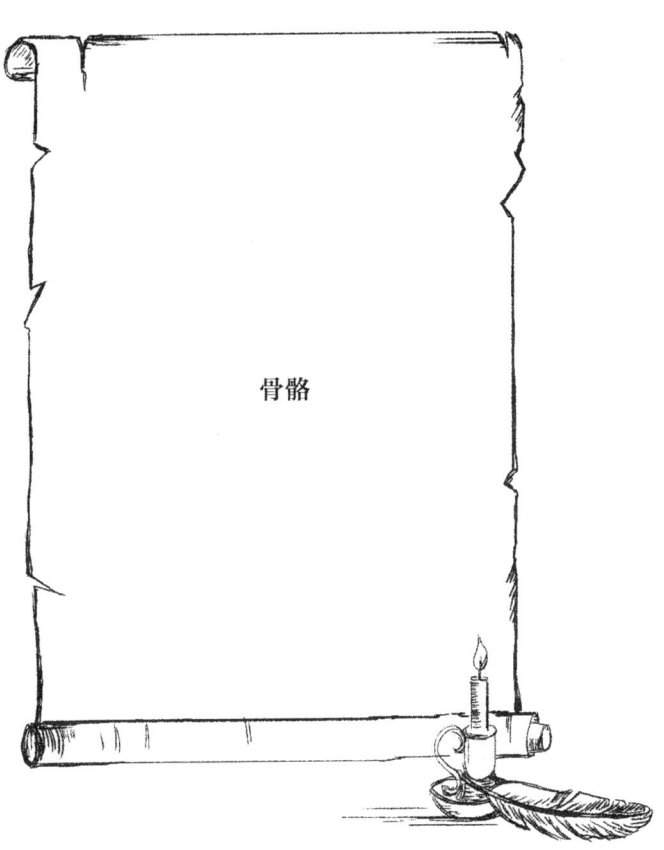
骨骼

锁骨又称领骨：锁骨是一根呈"S"状弯曲的长骨。骨干部分表面粗糙，易于肌肉的附着。锁骨是上肢与躯干之间唯一的连接骨骼。

我无法把这道流畅而轻盈的"S"形曲线与凸起的骨头联系在一起，我把它看成和"锁骨"一词有着相同词根的乐器。它们词根都是"Clavis"，"钥匙"。乐器名叫古钢琴①，第一台带键盘的弦乐器。你的锁骨既是键盘也是钥匙。如果我把手指推入锁骨后侧的凹陷处，你的触感就变得像软壳蟹般。我在肌肉之间找到空隙，将自己置于你脖子的和弦中。你的锁骨从胸骨跨至肩胛骨，弧度完美，如同车床加工的产品。

---

①英文中，古钢琴的名称为 Clavichord，锁骨为 Clavicle，两者都来源于拉丁语中的"Clavis"一词。

为什么一根骨头会如芭蕾舞姿般优美?

你有一条低领裙子,能凸显你的乳房。乳沟应是理所当然的焦点,而我想做的却是用食指和拇指按住你两侧锁骨的连接处,推出去,摊开手掌,直到抵住你的喉咙。你问我是否想要掐死你。不,我想要贴合你的身体,不仅在显而易见之处,还在那许许多多的凹陷地带。

这是个游戏,让骨头和骨头贴合。我曾以为彼此的不同是产生性吸引力的主要原因,然而我们之间却有那么多相同的特点。

你我同为血肉之躯,有着相似的骨骼。要记住你,只需触摸我自己的身体。她就在这儿,在这儿,也在这儿。头脑试图封锁的大门被身体的记忆冲破。一把通往蓝胡子①密室的骨骼钥匙,那把释放了痛苦的沾血钥匙。理智说,忘记吧,而身体却咆哮着将记忆倾泻而出。你的锁骨连接处为我的记忆松绑。她就在这儿,在这儿,也在这儿。

---

① 法国作家夏尔·佩罗创作的童话《蓝胡子》中的主人公。蓝胡子有一间沾血的密室,他把万能钥匙交给妻子保管,嘱咐说密室的门不能打开,好奇的妻子如果打开了门,就要面临死亡的下场。

  肩胛骨又称胛骨：肩胛骨为三角形扁骨，位于胸廓后壁，与肋骨间由肌肉相隔，并由肌肉与之相连。

  你的肩胛骨像扇子般闭合，没人会疑心你的肩膀是翅膀。你俯卧时，我揉捏着你双翼坚硬的边缘。你是坠入凡间的天使，却依然和天使一样；身体像蜻蜓般轻盈，巨大的金色翅膀遮蔽了阳光。

  我一不小心，就会被你割伤。如果我过于随意地将手抚过你肩胛骨锋利的边缘，我再次举起的将是一只流血的手掌。我知道放纵的行为会留下怎样的伤痕。如果我不珍惜你，那么这个伤口将无法愈合。

  将我钉在你的身上。我要像噩梦般驾驭你。你是长出翅膀的神马珀伽索斯①,不愿被套上马鞍。在我的身体下面挣扎吧,我要着看你的肌肉束收缩和伸展。如此纯洁的三角形里蕴藏着隐秘的力量,不要释放你的能量对抗我,将我从你的背上摔下。有时我们躺在床上,我伸手触碰你,却摸到两片刀锋正对着我,这样的你让我害怕。你背对着我睡去,这样我便可以了解你的全部。我心满意足。

---

① 拉丁文为Pegasus,古希腊神话中缪斯女神的守护伙伴。

面部：面颅骨由十三块骨组成。但面部若要完整，还必须要加上额骨。

在我半梦半醒间看到的所有幻象里，最常出现的是你的脸。你的脸如镜子般光滑，如镜子般明亮。你的脸在月光的映照下，闪着冰凉的银色光芒，你神秘的面庞，反射出我的影子。

我从池塘冰层中将你被冻住的脸庞裁出，它大过我的身体，你的嘴里满溢着水。我在那个雪天把你抱在胸口，你的轮廓戳破了我的夹克。当我把嘴唇贴近你冰冻的脸颊，你灼伤了我。我的嘴角撕裂，嘴里满是鲜血。我把你抱得越紧，你消融得越快。我抱着你，而死亡也将这样抱着你。死亡缓慢拉下皮肤厚重的帷幕，露出骨架构成的牢笼。

皮肤变得松弛，像石灰石般泛黄，像石灰石般被时间磨损，露出血管的大理石花纹。苍白的半透明皮肤变硬变冷。骨头像獠牙般发黄。

你的脸刺伤了我。我被穿透。我把希望的碎片撒入伤口，但是希望无法治愈我。我的眼神在凝望中变得暗淡，我是否该用遗忘来填补？额骨，颚骨，鼻骨，泪骨，颧骨，上颌骨，犁骨，下鼻骨，下颌骨。

它们是我的盾牌，它们是我的毛毯，这些词语不会让我想起你的脸。

特殊感官

听觉和耳朵：耳廓是位于头部两侧的外扩部分。它由表面附着了皮肤和汗毛的弹性纤维软骨构成，有深深的凹陷和隆起。外侧的明显隆起是耳轮。耳垂是末端的柔软部分。

声波在空气中的传播速度约为每秒三百三十五米，也就是五分之一英里左右，而露易丝可能在二百英里之外。如果我现在呼喊，她会在差不多十七分钟后听到我的声音。也得为意外情况留些误差的余地，她或许正在水里游泳。

我在门阶上呼喊露易丝的名字，因为我知道她听不见。我在田野里对着月亮哀号。动物园里的动物们也这样做，渴望得到同伴的回应。夜晚的动物园是最伤感的地方。动物们从仿若对它们进行活体解剖般的目光里解脱出来，在栅栏后面哀号，不同物种的动物被分隔开，它们本能地知道各自归属何处。它们宁可选择追猎和捕食的生活，也不愿享受这荒诞的安全。它们的听觉远远强于饲养员，听得到汽车和深夜外卖的声响。它们听得见人类所有痛苦的喧嚣，而它们听不见的却是灌木丛的嗡嗡声和篝火的噼啪声。杀戮的声音。河水低沉的咆哮声和不时传来的短促尖叫声。它们竖起耳朵令耳朵变得尖利，但是它们寻找的声音太过遥远。

我希望能够再次听见你的声音。

鼻子：人类的嗅觉通常比其他动物迟钝。

我爱人身上的味道还留在我的鼻孔里，依旧强烈。那是她做爱时散发出的酵母味儿，如正在膨胀的面包般有着不断发酵的暗流。我的爱人是一间正在炖鹧鸪肉的厨房。我要去拜访她气味浓郁的低矮小屋，从她那儿获取喂养。她三天没有洗澡，气味浓郁，精神亢奋。她将裙摆向上卷起，气味像绕着大腿的裙箍。

站在门外，我的鼻子就已经在抽动，我能通过气味辨别出她正穿过门厅向我走来。她是瓶檀香木和蛇麻草香型的香水。我想拔去她的软木塞。我想用头去蹭她耻骨间的开口。她紧实成熟，是甜美牧草和圣母熏香的黑暗混合物。她是乳香和没药，同死亡和信仰有着相似的苦涩气味。

当她流血的时候，我曾熟悉的味道会发生变化。那些天里，她的灵魂里有铁锈味，她闻起来就像把枪。

我的爱人将枪上膛，准备开火。她闻到了猎物的气味。当她从泛着硝酸味的白色稀薄烟雾中走来时，她毁灭了我。当我被她射杀，我希望她那从身体内部扩散至被医生称作嗅觉神经的欲望能留下最后一缕烟圈，我想要的仅此而已。

味觉：有四种基本的味觉：甜酸苦咸。

我的爱人是棵橄榄树，树根扎在海边。她的果实酸涩青绿，能够品尝到她的果核是我的快乐。舌头让小小的果核变得坚硬，那颗被丰满的果肉和微咸的叶脉包裹着的果核。

谁吃橄榄的时候不是先咬开果皮？期待着牙齿让清澈的果汁喷涌而出，那汁水里蕴藏着土地的重量、天气的变化，甚至种植者的名字。

艳阳就在你的嘴里。橄榄汁的喷涌结束了晴空万里的艳阳天，为酷暑带来甘霖。在暴风雨的雨水滋养你的皮肤之前，把沙子烧灼脚底的日子吞掉吧。

我们的私人果园里已经硕果累累。我要钻入你的果核，被紧裹着的粗糙的果核。

眼睛：眼睛位于眼窝内，近似于球形，直径一英寸左右。

　　光的速度是每秒十八万六千英里。视野里出现的任何物体都会把光反射入眼球。当一种特定波长的光被反射，而其他的都被吸收时，物体就有了颜色。每种颜色的光都有不同的波长；红色光的最长。

　　这就是我仿佛到处都能看到它的原因吗？我住在一个用露易丝的头发编织起来的红色泡泡里。现在正是一年中日落最美的季节，但是吸引我待在院子阴影里的并不是正在坠落的光盘，而是那抹我渴望的颜色，你从天空的边缘倾泻至棕色的土地上，灰色的石头上。倾泻至我的身上。

　　有时候，我会朝着落日跑去，像稻草人般张开双手，想着我可以从世界的尽头跃入灼热的火炉,在你的内部燃烧我自己。我愿意陷入血色天空的闪耀纹路里。

  其他的颜色都被吸收了。白天暗淡的颜色从不曾穿透我发黑的颅骨。我如同隐士般住在四面空空的屋子里。你是间明亮的房子,我却关上了门。你是件色彩缤纷的衣服,却跌进了尘土中。

  你是否在我血红的世界里看见了我?绿眼睛的女孩,眼睛圆睁像两枚杏果,你从火舌中出现,恢复了我的视觉。

三月。埃尔金曾答应在三月写信给我。

我像被软禁的人一样数着日子,度日如年。天气寒冷,树林里开满野生白水仙。我试图从花朵和不断发芽的树木间获得安慰。这是新生命,一定会对我产生些影响吧。

葡萄酒吧的名字叫"南方风情",这时正在筹办春日节庆,好把那些还没有从圣诞节的金钱透支中恢复过来的顾客吸引回来。对于我们这些工作人员来说,这就意味着工作时要身穿柠檬绿紧身连衣裤,头戴假迎春花做的简陋王冠。饮品也都有个春日主题:三月野兔潘趣酒、野麦司令酒、蓝色山雀。你点了什么没所谓,反正除了基酒之外其他的成分都一样。我把廉价的烹饪用白兰地、日本威士忌、据称是杜松子酒的玩意儿和偶尔变得很恶心的雪莉酒,同果肉橙汁、稀奶油、方糖和各种食用色素混合起来,再倒些苏打水把杯子加满,在"欢乐时光"期间,两杯只卖五英镑(南方风情只卖双数份的饮料)。

经理在三月份雇了一名钢琴师,让他用自己的速度和方式来演奏西蒙和加芬克尔①的曲子。出于某些原因,他自闭症般地反复弹奏《忧愁河上的桥》。我每次五点去上班的时候,酒吧里已经有了一群泪汪汪的醉鬼,歌里银光闪闪的女孩已经在这群船夫的喃喃声中航行许久。在客人烂醉的和音和心痛的颤音中,我们这些穿得碧绿葱翠的服务员在桌子间穿梭,放下一盒盒比萨和一壶壶慰藉。我开始鄙视我的同事。

埃尔金那里还是没有任何消息。更努力地工作吧,调更多酒,熬夜,别睡觉,别思考。要不是因为酒吧里实在没什么能喝得下口的,我可能早就借酒消愁了。

"我想看看你住的地方。"

当盖尔·莱特明确地提出她想与我一起回家的时候,我正在吧台后面面无表情地摇晃着几品脱"特级致命酒"。凌晨两点,我们轰走了最后几个烂醉的客人,她锁上门,把我的

---

① 西蒙和加芬克尔(Simon & Garfunkel),20世纪60年代后期风靡英美乐坛的双人组合。《忧愁河上的桥》是他们一张同名专辑中的主打歌,其中有一句歌词是"Sail on, Silver girl",意为"扬帆远航吧,银光闪闪的女孩"。

自行车放进她的汽车后备箱。她的录音机里放着盘塔米·温妮特①的磁带。

"你很内向。"她说,"我喜欢这一点。我在工作中很少碰到你这样的人。"

"你为什么开了这个店?"

"我得谋生。在我这个年纪,可不能指望白马王子。"她笑着说,"那也不合我的口味。"

站在你男人身边,塔米说,让全世界知道你爱他。

"我想在夏天办个'乡村与西部'音乐节,你觉得怎么样?"盖尔转弯的速度太快。

"到时候我们要穿什么?"

她又笑了,这次的笑声更尖厉。"你不喜欢紧身连衣裤吗?我觉得你看起来超美。"她说那个词的时候加重了"超"字的发音,听起来不像是赞美,倒更像是深渊。

"你能送我回家真是太好了。"我说,"要不要进来喝点什么。"

"噢,好啊。"她说,"噢,好啊。"

---

①塔米·温妮特(Tammy Wynette,1942—1998),美国著名乡村音乐歌手,单曲《站在你男人身边》曾占据美国乡村音乐榜的榜首。

天寒地冻，我们钻出她的车。我用冰冷的手指打开门锁，带着一颗冰冷的心邀请她进屋。

"这里真是舒服暖和。"她说着，依偎到火炉前。她有个巨大的屁股。这让我想起了某任男朋友穿过的一条短裤，上面写着：(玻璃)屁股①，小心轻放。她挪动着，碰翻了一只人形酒杯。

"没关系。"我说，"杯子太大了，在壁炉上放不稳。"

她放松地坐进颤颤巍巍的扶手椅，接过我的热巧克力，向我抛来媚眼，让我想起了浪子卡萨诺瓦。我原以为这是一则冷门知识。

"那不是真的，"我说，"巧克力是很好的镇定剂。"这种说法也不对，但是我想盖尔·莱特或许比较容易受到心理暗示。我故意打了个哈欠。

"忙碌的一天，"她说，"忙碌的一天。这让我想到其他事情，黑暗刺激的事情。"

我想到了糖浆。陷在盖尔·莱特的洼地里会怎么样？

我曾经有个男朋友，他叫卡洛，他就是个黑暗刺激的家

---

① 原文为（GL）ASS，ASS 也有屁股之意。

伙。他让我刮干净身上所有的体毛,他自己也是。他说这样会更有感觉,可这却让我觉得自己像个蜂巢里的囚犯。我想要取悦他,他身上有冷杉果和波尔图葡萄酒的气味,他颀长的身体因热情而潮湿。我们交往了六个月,然后卡罗遇到了罗伯特,比我更高,更宽,更瘦。他们交换剃刀,把我剃出了局。

"你在想什么?"盖尔问。

"一段旧爱。"

"你喜欢年纪大①的人?很好。注意哦,我并没有看起来的那么老,认真打扮一下就不会显老。"

她重重地拍打了一下椅子,一团灰尘飘落在她疲惫的妆容上。

"盖尔,我得向你坦白,我爱着其他人。"

"总是有其他人,"她叹了口气,盯着热巧克力中结成的深色块状物,像个困惑的占卜师,"高大,黝黑,英俊?"

"高挑,火红,美丽。"

"那就讲个睡前故事吧,"盖尔说,"她是个怎样的人?"

---

①英语中"旧"和"老"都用"old"表示。

露易丝，长着翅膀的女孩，诞生于火焰之中，三十五岁。三围分别为三十四、二十二、三十六英寸。结婚十年。与我在一起五个月。艺术史博士。头脑聪明。一次流产（还是两次？）。没有孩子。两条胳膊，两条腿，太多T淋巴细胞。还能活九十七个月。

"别哭。"盖尔说，她跪在我的椅子前，把丰满的戴着戒指的手放在我瘦削的空空如也的手上，"别哭了，你做了正确的事。如果你不离开，她可能会死，那样的话，你怎么可能原谅自己？你给了她一次机会。"

"她的病治不好了。"

"她的医生不是这样说的。她可以相信他，不是吗？"

我并没有把所有的事情都告诉盖尔。

她温柔地抚摸我的脸："你会再次快乐起来的。我们在一起会快乐的，不是吗？"

早晨六点，我躺在租来的松垮的双人床上，身旁的盖尔·莱特松垮地躺着。她闻起来有股粉饼和朽木的味道。她鼾声沉重，看来还会再打一会儿，于是我起床，借了她的车，去了电话亭。

我们没有做爱。我以二手沙发商的热情抚摸她臃肿的肉体。她拍拍我的脑袋就睡着了，这样也好，因为我的身体就像穿了潜水衣一样丧失了敏感度。

我把钱塞进投币口，听着铃声，我的呼吸给空荡荡的电话亭蒙上了一层水汽，我的心跳过速。有人接起电话，语气困倦而暴躁。

"喂？喂？"

"你好，埃尔金。"

"你知不知道现在是什么时候？"

"又一个无眠夜之后的清晨。"

"你想要干什么？"

"我们的约定。她怎么样了？"

"露易丝在瑞士。她有一阵病得很厉害，但是现在好多了。检查结果还不错。就算她今后会回英国，也不会在最近这段时间回来。你见不着她了。"

"我不想见她。"（骗子，骗子。）

"那很好，因为她当然也不想见你。"

电话挂断了。我还握着手柄，呆呆地盯着话筒。露易丝没事，这是唯一重要的事。

我钻进车里,开过荒芜的几英里路回家。星期日的早晨,路上什么人都没有。二楼的房间窗帘紧闭,沿途的屋子都还在沉睡。一只狐狸从前面穿过,嘴里叼着只瘫软的鸡。我还要面对盖尔。

家里只有两种声音:钟表的金属滴答声和盖尔的鼾声。我把楼梯上的门关好,独自与钟待在一起。清晨的时间有种不同的质地,它延展,给人希望。我拿出书本,试图工作。俄语是我唯一擅长的语言,这是个优势,因为并没有很多人竞争同样的工作。亲法派则处境艰难,每个人都想要坐在巴黎的咖啡馆外面,翻译普鲁斯特的新版本。我不这样想。我曾经以为 tour de force①是郊游的意思。

"你这个白痴。"露易丝说着,温柔地拍打我。

她起身去煮咖啡,然后端着热腾腾的、带着植物与阳光味道的咖啡走进来。香喷喷的蒸汽温暖了我们的脸庞,模糊了我的眼镜。她在每块镜片上都画了一颗心。"这样除了我以外你就看不到其他任何人了。"她说。她的头发是朱红色的,

---

①法语,意为杰作。

身体似埃及的各种珍宝。再也找不到像你这样的人了,露易丝。我的眼里再也容不下其他任何人。

我一直工作到十二点钟声敲响,楼上传来一阵可怕的骚动。盖尔·莱特醒了。

我飞快地跑到水壶旁,感觉必须得有点缓和措施。一杯茶能保护我吗?我伸手想去拿伯爵茶,却最终拿了帝国调配茶。敢做敢当之茶,男子汉之茶,茶里的单宁多到能被设计师拿来当颜料。

她在浴室。我听到水管抖啊抖的声音,接着是搪瓷被敲击的声音。水箱不情愿地挤出每一滴热水,呼哧呼哧地坚持到最后,突然哐当一声停止。我希望她没有搅动那些沉淀物。

"永远不要搅动沉淀物。"那个农民带我看房时这样说。他把沉淀物说得好像是什么居住在热水里面的可怕生物。

"不然会怎么样?"

他不祥地摇摇头:"那可不好说。"

我很确定他的意思是他也不知道,但他非得说得就好像这是个古老的诅咒一样吗?

我拿着给盖尔的茶,敲了敲门。

"不用害羞。"她招呼我。

我撬开门上不灵活的挂钩,开门进去,砰地把茶放在浴缸边上。水是棕色的。盖尔身上满是混有泥垢的水纹,看着像块特级五花培根肉。她的眼睛因为没有睡好而显得又小又红,头发像一堆稻草。我打了个冷战。

"很冷吧?"她说,"亲爱的,你能帮我擦擦后背吗?"

"我得去把火烧得旺一点,盖尔,不能让你着凉了。"

我逃下楼梯,确实去把火拨得更旺了。我很乐意把火烧得很旺,把房子烧得很暖,好把屋里的盖尔给烤了。这不礼貌,我告诉自己。为什么你被一个女人吓成这样?她唯一的过错不过是喜欢你,她唯一的特点也不过是比生活还庞大。

砰,砰,砰,砰,砰,砰,砰。盖尔·莱特下楼了。我站起来,迅速朝她微笑。

"你好,亲爱的,"说着,她亲吻了我,发出吮吸的声音,"有培根三明治吗?"

盖尔自己去拿"秋日埃菲"剩下的一点肉,"秋日埃菲"是农民今年送去屠夫那里的猪。她说她要给我在酒吧调个班,这样我们就能一起工作了。"我也会再多给你点钱。"她舔去下嘴唇的油,也把滴在手臂上的油点舔干净。

"我觉得还是不要了,就像原来那样挺好。"

"你还没缓过神来,就按我说的这样,试一段时间吧。"她越过干面包早餐朝我抛了个媚眼,"难道你不喜欢昨晚家中的那一点点陪伴吗?你的手可是摸遍了所有的地方。"

她自己的手正使劲把埃菲往嘴里塞,仿佛担心这头猪还敢再蹦出来。培根是她自己煎的,煎好后,她先把面包浸在了油脂里,再盖在培根上做好三明治。她的指甲上残留着红色指甲油,有些还掉在了面包上。

"我喜欢培根三明治。"她说,"你的抚摸又轻盈又灵巧,你会弹钢琴吗?"

"会。"我的声音尖得不自然,"抱歉失陪一会儿。"

我赶在吐出来前冲进了厕所。跪下,挺直,低头,吐出一堆粥状物附着在马桶壁上。我擦了擦嘴,用水漱漱口,吐掉灼烧着我喉咙深处的东西。如果露易丝接受化疗,她可能每天早晨都得经历这样的痛苦。而我不在她身边。"记住这是最重要的,这是最重要的。"我对着镜子里的自己说,"只要她与埃尔金在一起,就不用承受这样的折磨。"

"你怎么知道?"一个尖厉的声音质疑道,我很害怕这个声音。

我蹑手蹑脚地回到客厅,吞下一大口威士忌。盖尔正对着一面小镜子化妆。"不是很严重吧?"她眯着眼,一边描着眼线一边跟我说话。

"我不太舒服。"

"你睡眠不足,所以才会这样。我听见你六点就起床了,你去了哪里?"

"我得去打个电话。"

盖尔放下睫毛膏魔杖。睫毛膏管子上写着"魔杖",但它看起来更像是赶牛棍。

"你得忘了她。"

"那还不如忘了我自己。"

"我们今天做什么?"

"我得去工作。"

盖尔打量了我一会儿,然后把她的化妆品放回了包装袋,"亲爱的,你对我不感兴趣是吧?"

"我并不是……"

"我知道,你觉得我是个又老又肥的荡妇,只想尝尝紧实鲜嫩的肉体。好吧,你猜对了。但是我也会做我该做的。我会关心你,做你的好朋友,一切为你好。我不是寄生虫,也不是娼妇。我是个追求快乐的女孩,只不过身体已经发福。

我是不是该告诉你呢，亲爱的？你失去欲望的速度，远比不上你失去容貌的速度。这是大自然的残酷事实。你会继续幻想，以为一切如初。这是个艰难的阶段，但我还是给自己留了一手，我不会空手上桌。"

她起身拿钥匙："想想吧，你知道去哪里找我。"

我看着她开车离去，感到既绝望又羞愧。我回到床上，放弃挣扎，梦到了露易丝。

四月。五月。我为了成为癌症专家继续训练自己。医院临终病房的人称我为食尸鬼。我不在乎。我探访病人，听他们说自己的故事，找到病情好转的人，坐在死者身边。我曾以为癌症病人都拥有强大有爱的家庭。各项研究极力宣传共渡难关，这几乎成了一场家庭疾病。而事实是，很多癌症病人都孤独地死去。

"你想要做什么？"一个实习医生终于开口问我。

"我想知道癌症到底是怎么回事。我想知道它到底是什么。"

她耸耸肩："你在浪费时间。大部分时候，我想我们都在浪费时间。"

"那何必为此费心？你为什么还要为此费心？"

"何必费心？这是个需要全人类来回答的问题，不是吗？"

她转身要走,然后又回过头,神情忧虑。

"你没有得癌症吧?"

"没有!"

她点了点头:"是这样,有时候刚确诊的病人想要知道些有关治疗的内部消息。医生们都很傲慢,哪怕对理解力很强的病人也是如此。而有些病人就想自己找出真相。"

"他们发现了什么?"

"他们发现了我们关于癌症的知识是多么匮乏。现在是二十世纪末,而我们这个行业还在使用什么样的工具?刀、锯子、针和化学药品。我没有时间再去寻找其他治疗方法,但是我知道它为什么有吸引力。"

"难道你不该为任何一点可能性抽出时间吗?"

"在每班八十小时的工作之余?"

她走了。我带上我的《癌症的现代治疗方法》回家了。

六月,史上最干燥的六月。本该沐浴在夏日光辉中的土地因为缺水而干燥贫瘠。花苞如约而至,带来希望却并不绽放。无精打采的太阳是个冒牌货,真正的太阳本应带来生命,而它却在每个无情的早晨带来死亡。

我决定去教堂。不是因为我想被拯救，也不是因为我想从十字架上获得安慰。我想要的是他人的信仰所带来的慰藉。我想要隐没于唱圣歌的人群中，做站在门边的陌生人，不用担心屋顶修葺和收获节庆祝活动的经费问题。曾经每个人都相信上帝，在遍布不列颠群岛上的成千上万个小教堂里，到处都能够找到信仰。我怀念星期天早晨教堂的钟声，它在每个村落响起。上帝的原始电报传递着福音。这是福音，而教堂是中心，也是途经之地。英国国教平和仁慈，与乡村生活相得益彰。四季缓慢更迭，在《公祷书》里发出回声。仪式和寂静，原始的石头和原始的土地。现在，还在使用全历表的教堂不到四分之一，大多数教堂除了每两个星期天组织一次集会，并安排一些奇怪的教区活动外，几乎别无作为。

离我不远的教堂仍在使用中，尚未成为博物馆。所以我决定参加晚祷，擦亮了我的鞋子。我早该知道那里会有陷阱。

教堂是十三世纪的建筑，部分在乔治王时代和维多利亚时代整修过。它由坚固的石头筑成，仿佛自己拔地而起，并非人工雕琢而成。它有着战争的颜色和质地，那场将它开采出来、并为上帝将它塑造的战争。它巨大，乌黑，傲慢。低矮前门的梁框上有一块塑料横幅，上面写着：耶稣爱你。

"与时俱进。"我对自己说,稍稍有些紧张。

我踏着冰凉的石板地面往里走,感受到了一种教堂里特有的冷,再多煤气取暖器和外套也没法御寒。在经历了白天的高温以后,它给人的感觉就像是上帝之手。我钻进一排靠背上有树木图案的昏暗长凳,想找本祈祷书,但是一本也没有。接着响起手鼓的声音。这些一本正经的手鼓足有低音鼓那么大,像五朔节花柱①般飞舞着飘带,如同斗牛犬的项圈般在周围镶满了装饰钉。一只手鼓沿着过道朝我而来,在我耳边响起。"赞美上帝。"它的主人说,他正拼命地控制它,"我们当中有位陌生人。"

除我之外,所有的集会者突然唱起了歌,他们将《圣经》经文自行谱曲,偶尔掺入呼喊声。宏伟的管风琴紧紧闭合,上面沾满了灰尘,还有一架手风琴和两把吉他。我真的很想离开,但是有一个壮硕的农民站在大门口,他脸上堆满微笑,看起来却是一副如果我在募捐前离开他就会发火的模样。

"耶稣会战胜你。"牧师喊。(上帝是摔跤手?)

---

①五朔节是欧洲传统民间节日,用以祭祀树神、谷物神,庆祝农业收获及春天的来临,于每年5月1日举行。节日前夕,人们常会在门前插一根青枝或栽一棵幼树,并用花冠、花束等装饰,此即文中提到的五朔节花柱。

"耶稣会与你结合！"（上帝是强奸犯？）

"耶稣会越来越强大！"（上帝是健美运动员？）

"把你自己交给耶稣，你就会得到报偿。"

我可以接受上帝的多面性，但是我很肯定，如果上帝存在，他一定不是"建屋互助委员会"。

我曾经有个男朋友，他的名字叫布鲁诺。在度过了放浪不羁、挥金如土的四十年后，他在衣柜底下找到了上帝。更确切地说，是衣柜在大约四个小时里慢慢压垮了他肺部的抵抗。他在打扫屋子时撞倒了一个双开门的维多利亚式壁橱，就是那种穷人可以住在里面的衣柜。最后消防队员救了他，但是他一直坚称是上帝让橡木飘浮了起来。不久之后，他带着我去教堂，并画了张图来说明耶稣如何从壁橱里出现，救了他。"走出衣柜，步入内心。"牧师极力赞颂道。

自此之后我再也没见过布鲁诺，他把摩托车送给我以示断绝关系，并祈祷它能引领我走向上帝。可悲的是，它在布莱顿郊外爆炸了。

一双手抓住了我的手，教它们像铜钹一样互相拍打，打断了我无伤大雅的神游。我意识到自己应该和着节奏拍手，同时记起了祖母的另外一条忠告："在森林里要随着狼一起嚎叫。"我摆出一个假惺惺的露齿微笑,像麦当劳里的服务员似的,假装很高兴。我没有不高兴,我其实根本没有感觉。难怪他们说上帝能填补人类的空虚,仿佛人类都是热水瓶似的。这是我到过的最空虚的地方。上帝可能有同情心,但是他必须得提高品位了。

如我所料,那个相扑手似的农民负责募捐,所以当他愉快地从我这里接过一枚弯了的二十便士硬币后,我就逃走了。我逃向大自然的田野,羊依然在那里吃草,它们已经在那里吃了十个世纪。我逃向池塘,蜻蜓在那里觅食。我一直逃,直到教堂变成天空下的一个死结。如果祈祷有用,也是在这里才有用。我背靠干燥的石墙,脚踩石板地。十二月以来,我每天都为露易丝祈祷。我完全不知道我在对谁祈祷,甚至不知道为什么祈祷。但是我希望有人关心她,去看看她,安慰她。我希望有人能变成清凉的微风,变成深深的溪流。我希望她受到保护。我愿意煮开一大锅塞饱了的蝾螈,只要这招被证实有用,哪怕只有一点作用。祈祷让我集中精神,把露易丝作为她自己,而不是作为我的爱人、我的悲伤来看待。它帮助我忘记了自我,这是一大幸事。"你犯了个错误。"那个声音说。那不再是一个尖利狡猾的声音,而是一个温柔有力的声音,我听得越来越清楚,听得很真切。我已不确定我的心智是否还受自己支配。什么样的人会听见这"启示的声音"?圣女贞德①当然会,但是其他人呢,那些悲伤或邪恶的、想用手鼓的力量来改变世界的人呢。

这个月我都没能联系到埃尔金,尽管我给他写了三次信,并且不管时间合不合适,都在不断给他打电话。我想他大概是在瑞士,但是如果露易丝快要死了呢?他会告诉我吗?他会让我再见她一次吗?我摇摇头。这样想是不对的。这样想毫无意义。露易丝不会死的,她正好好地待在瑞士。她正穿着长长的绿裙子站在倾盆大雨中,水柱从她的头发流下,淌过她的乳房,她的裙子是透明的。我凑近看,她的身体也是透明的。我看到她血液的脉络、心脏的心室和纤长的象牙般的腿骨。她的血液清澈、鲜红,像夏天的玫瑰。她芬芳四溢,含苞欲放。没有干涸。没有痛苦。只要露易丝没事,我就没事。

今天我在一件外套上找到了一根她的头发,金色的发丝反射着阳光。我把它缠绕在食指上,再把它拉直,这样它差

---

① 圣女贞德(Joan of Arc)在英法百年战争中带领法国人民对抗英军,是法国的民族英雄。传说她在十六岁时遇见天使,听见天使的声音,得到"神的启示"。

不多有两英尺长。这是那条将我与你捆绑在一起的细线吗？

没有人在为你排解哀伤时，或在分手指南里告诉你，意外发现爱人身上的一部分会是怎样的状况。明智的做法是不要把你的房间变成一座陵墓，只保留能带给你积极快乐回忆的东西。我一直在读教你如何面对死亡的书，一方面是因为我与露易丝的分离是永恒的，另一方面是因为我知道她会死去，到时候我将不得不面对第二次别离，或许那将与第一次一样，只不过更加缓和一些。我想要面对。尽管我感到我的生命已经一分为二，我仍然渴望生命。我从未想过要把自杀当作缓解痛苦的办法。

几年以前，我的一个朋友死于车祸。她和她的自行车一起被卷入一辆十六轮卡车的车轮下，她当场身亡。

等我表面上从她死亡的伤痛中恢复过来后，我开始在大街上看到她，她总是稍纵即逝，走在我的前面，背对着我，消失在人群中。别人告诉我这种情况很常见。现在我依然会看到她，尽管不那么频繁了，但在一瞬间我依然相信那就是她。我不时地从我的物品里找到她的东西，都是些微不足道的东西。有一次我打开一本旧笔记本，一张小纸片掉了出来，字迹清晰，墨水没有消褪。这是五年前她在大英图书馆时放在我的座位上的。她邀请我四点一起喝咖啡。我去拿件外套，带点零钱，在拥挤的咖啡馆与你相见，今天你会去的吧，对吗？

"你会好起来的……"陈词滥调惹的祸。失去你所爱的人会彻底改变你的生活。你不会好起来的，因为你不会忘怀你所爱的人。痛苦会停止，新的人会出现，但是缺口永远不会消失。它怎么可能消失？你为之哀悼的人如此重要，她的特殊性不会被死亡抹去。我心里的洞是你的形状，任何人都无法填补。我怎么会想要他们这么做呢？

最近我思考了很多关于死亡的问题，死亡的终结性，而这种思考常以悬而未决的争论收尾。我们中的一个还没有结束，另一个为什么离开？为什么连预兆都没有？甚至在漫长的疾病之后，死亡的到来也没有预兆。你为之小心准备的时刻席卷而来，将你完全征服。死亡大军破窗而入，抢走身体，身体就不见了。前一天、上周三、去年今日，那些时间里你都在，而现在你不在了。为什么不在？死亡把我们的逻辑降低至小孩的水平，令我们一阵困惑。如果昨天还在，为什么今天不在？那么你在哪里？

小小蓝色星球上的脆弱生物，被无数光年的寂静空间围绕。死去的人是否超越世界的喧嚣找到了安宁？而对于挚爱之人无法回到身边、哪怕只待一天也不行的我们来说，安宁又在哪里？我抬头望着门口，以为会看到你。我知道走廊里是你的声音，但跑出去的时候，走廊里空空如也。我没有办法做任何事情来改变什么。最终的决定权在你手上。

　　胃里的震颤消失了，随之而来的是被唤醒的钝痛。有时候我一想起你，就会感到一阵晕眩。记忆让我头晕，像是喝了香槟。那些我们做过的所有事情。如果有人说这是代价，我愿意付出。这让我吃惊；痛苦和混乱竟会让认知变得敏锐。这值得。爱情值得。

　　八月。没什么可说的。离开露易丝以来，我第一次感到沮丧。在过去的几个月里，我因绝望而发狂，因遭受打击而思维受阻。如果疯狂意味着身处真实世界的边缘，那我已经半疯了。八月，我感到空白和虚弱。我清醒过来，意识到自己做过些什么。我不再耽溺于悲伤。身体和心智都知道如何躲避无法忍受的疼痛。就如同烧伤者的疼痛会达到一个稳定值一样，精神沮丧的人也会发现悲伤原来是一块高地，他们可以在上面审视自己。这样的分裂不再属于我。我已经挥霍了我狂热的精力，也不再有眼泪。我沉沉地睡去，又疲惫地醒来。当我心痛时，我已不再能够哭泣。只有做错事的沉重负担。我辜负了露易丝，但现在说这些都太迟了。

我有什么权利决定她该怎么活？我有什么权利决定她该怎么死？

南方风情正在举办"乡村与西部之月"活动。正逢盖尔·莱特的生日。她果然是个狮子座。那天晚上，炎热胜过地狱，吵闹盖过分贝，我们坐在"咆哮的狗屋先生"脚边庆祝。他喜欢被称为 HD^2 ①。如果他需要，他夹克衫的须边可以用来做一整头的假发。他确实需要，但是他相信有他的隐形假发就足够了。他的裤子紧得能够勒死一只黄鼠狼。在他没有对着麦克风唱歌的时候，他就把它放在裆部。他的屁股上挂着个标志牌，写着"不得进入"。

"不要脸。"盖尔一语双关地叫，"我在打字机上见过的冒号②都比你的好看。"

HD^2 是个大热门。女人们喜欢他从上衣口袋里掏出红色

---

① "咆哮的狗屋先生"英文为 Howlin' Dog House Don。
② Colon，既有"冒号"也有"结肠"的意思。

纸手帕扔给她们的样子,也喜欢他随着贝斯声咆哮,这会儿他就像声音沙哑版的猫王。男人们仿佛也并不太在乎他屁股上的玩笑。他坐在男人腿上大叫:"究竟谁是靓仔?"而此时女人们则又叫了一轮青柠杜松子酒,坐下喝了起来。

"我下周要办一次女士之夜,"盖尔说,"让他跳脱衣舞。"

"我还以为现在是'乡村和西部之月'。"

"确实是,他要戴一块大花巾①。"

"那么他的'香蕉'呢?从这儿看起来也不怎么样啊。"

"她们追求的不是尺寸,是搞笑。"

我看了看舞台。咆哮的狗屋先生正握着麦克风架,推至一臂之外,低声吟唱着:"这真的是你吗,啊?"

"最好做好准备,"盖尔说,"等他唱完这首,她们会冲去吧台排队,比修女见到真十字架时还快。"

她在一只洗碗盆里装满了调制好的"冰上的多莉·帕顿②",本月特选。我开始排列杯子和小小的塑料乳房,待会儿要用这些来取代鸡尾酒上的纸伞。

---

①原文为 bandanna,与下文的香蕉(banana)拼写近似。
②多莉·帕顿(Dolly Parton, 1946—),美国歌手,曾是"乡村歌坛第一才女",6 次获得格莱美奖。傲人的胸部是其显著的外形特征。

"下班后一起吃饭吧,"盖尔说,"不做别的事。我午夜下班,如果你愿意一起吃饭,我也让你在那会儿下班。"

就这样,我来到魔法皮特点了份白汁意面。

盖尔喝醉了。她烂醉如泥,以至于假睫毛掉进汤里时,她对服务员说那是只蜈蚣。

"我有些事情要告诉你,孩子,"她说着俯过身来,像是动物园饲养员给企鹅喂鱼时的动作,"你想听吗?"

没有其他选择。魔法皮特是个通宵酒吧,专注卖酒,不太关注娱乐设施。只能要么听盖尔开导,要么找个点唱机,扔五十便士进去。但我没有五十便士。

"你犯了个错误。"

在卡通世界里,这会儿该有把锯子穿透地板,在兔八哥的椅子周围挖出一个边缘齐整的洞。她说"你犯了个错误"是什么意思?

"如果你是指我们,盖尔,我不能……"

她打断了我:"我指的是你和露易丝。"

她几乎说不出话。她用拳头托着腮,手肘撑在桌子上。她不断试图握我的手,却总是掉进旁边的冰桶里。

"你不该抛弃她。"

抛弃她?这听起来可不像我记忆中的英雄事迹。我难道不是为她自我牺牲了吗?难道不是为她的生命奉献了我的生命吗?

"她不是个孩子。"

不,她是的。我的孩子,我的宝贝。我想要保护的柔弱的人。

"你没有给她机会说出她想要什么,就走了。"

我必须得走,不然她会因我而死。让我为了她而半死不活地生活下去,不是更好吗?

"怎么了?"盖尔含糊地说,"你的舌头被猫咬掉了?"

不是猫,是疑虑的蠕虫。我以为我自己是谁?兰斯洛特骑士①?露易丝是个前拉斐尔式的美女,但这也不能让我变成中世纪的骑士。然而,我还是绝望地想要相信自己所做的事情都是正确的。

我们摇摇晃晃地从魔法皮特出来,朝盖尔的车走去。我

---

① 兰斯洛特骑士(Sir Launcelot),圆桌骑士里的第一勇士。

没有醉,但是为了扶住盖尔,我也跟着摇晃起来。她就像是孩子的派对上剩下的果冻。她决定要跟我回家,哪怕我得睡在扶手椅上。一路上,她一直回顾着我的错误。我开始后悔,自己当初应该按计划对她有所保留的。现在无法阻止她了,她就像一辆斜坡上的三吨重卡车。

"亲爱的,如果只能选一样让我无法忍受的人或物,那就是没有缘由的英雄。那样的人只会制造麻烦,这样他们就能自己出面解决。"

"你觉得我是这样的人?"

"我觉得你是个疯狂的傻瓜。或许你压根就不爱她。"

这句话让我猛地打了方向盘,盖尔的塔米·温妮特礼品装磁带在后座上散了一地,碰落了点头玩具狗的脑袋。盖尔吐在了自己的衬衫上。

"你的问题在于,"她擦了擦,"你总是希望生活在小说里。"

"胡说。我从不读小说,除了俄国的。"

"它们是最糟糕的。这里不是《战争与和平》,亲爱的,这里是约克郡。"

"你喝醉了。"

"我是喝醉了。我五十三岁,像个屁股上挂着韭葱的威尔士人①一样疯狂。五十三岁。皮肤松弛的老盖尔。她有什么权力到你闪光的盔甲前多管闲事?你是这样想的不是吗,亲爱的?我或许看着并不太像神的信使,但是你的女孩不是唯一一个有翅膀的。我这儿也有一双。(她拍拍她的腋窝。)我去过几处地方,也有点见识,现在我就不求回报地告诉你一件事情。你不能抛弃你爱的女人,尤其是当你觉得这是为她好的时候。"她打嗝打得很猛,把消化到一半的蛤蜊吐在了裙子上。我把我的手帕递给她。最后她说:"你最好去找她。"

"我不能。"

"谁说的?"

"我说的。我发过誓。就算我是错的,现在也来不及了。如果我对你弃之不顾,使你与你鄙视的人困在一起,你还会想要见我吗?"

"会。"盖尔说着,昏睡了过去。

第二天早晨我搭上了去伦敦的火车。热量透过车窗,令我犯困,我打起了瞌睡,耳边传来露易丝的声音,如同从水

---

①韭葱是威尔士的一个标志,每逢威尔士国庆日(3月1日)或国际橄榄球赛事的比赛日,威尔士人民都会佩戴韭葱,通常佩戴在帽子上。

里发出。她确实在水里。我们在牛津,她在河里游泳。她的身体泛着珍珠的光泽,被青绿色围绕。我们躺在被太阳炙烤的青草地上,青草在酷暑天灼热的土地上变得干枯易断,尖利的枯草在我们身上留下红色的痕迹。天空是蓝色的,像男孩的蓝眼睛,没有一丝阴霾,只有安静的凝视,美好的笑容。这是战争前的天空。第一次世界大战之前,这样的日子无穷无尽;辽阔的英格兰牧场,昆虫的哼唱声,纯净湛蓝的天空。农场的农民们收拾着干草,系着围裙的女人们拿着一罐罐柠檬汁。夏日炎热,冬天飞雪。真是个美丽的故事。

如今我正编造着自己对美好时光的记忆。我们在一起的时候,天气更好,白昼也更长,就连雨水都是温暖的。事实确实如此,不是吗?你还记得吗,那时……我可以看到露易丝盘腿坐在牛津花园的李子树下。李子就像藏在她头发里的毒蛇脑袋,她的头发卷曲,散落在李子周围,还淌着河水。在她铜色头发的映衬下,连绿叶都失去了光泽。我的铜绿女孩。露易丝是极少数即便发霉也依然美丽的女人。

那天她问我是否会真心待她,我回答:"全心全意。"我真心对她了吗?

呵，我绝不让两颗真心相爱的心遇到障碍，

难成百年之好；爱不是真爱，

如果对方转弯自己立刻转向，

如果对方变心自己立刻收场。

啊，不，爱应该是灯塔永远为人导航，

虽直面暴风疾雨，绝不动摇晃荡。

爱是星斗，指引着迷舟，

它的纬度可测，其价值却难求。①

我年轻时很爱这首十四行诗。我还以为迷舟②是一只青年小狗，就像狄兰·托马斯③的《青年狗艺术家的画像》中的那条狗。

我曾经是艘价值难估的迷舟，但是我想，对于露易丝来说，我会是艘安全的船。而我却把她扔下船去。

"你会真心对我吗？"

---

① 语出自《莎士比亚十四行诗》第116首，译文选自辜正坤译本。
② "迷舟"对应的原文是"wandering bark"，"bark"一词又有"狗叫"的意思。
③ 狄兰·托马斯（Dylan Thomas，1914–1953），英国作家、诗人，《青年狗艺术家的画像》是一部半自传性的中短篇小说集。

"全心全意。"

我握着她的手，带它探进我的T恤。她握住我的乳头，用食指和大拇指紧捏。

"全'身'心吗？"

"你弄痛我了，露易丝。"

激情没有教养，她的手指弄痛了我。她本可以用绳子将我与她绑在一起，让我们面对面地躺着，无法移动，只能靠近彼此，无法触摸别物，只能感知彼此。她本可以夺去我们所有的感官，只剩触觉和嗅觉。在一个又瞎又聋又哑的世界里，我们可以无限地终结我们的热情。而结束又意味着再次开始。只有她，只有我。她好妒忌，我也是。她因爱情而残暴，我也是。我们有足够的耐心数清彼此的发丝，却因过于急躁而等不及脱去衣衫。我们都没有占据上风，都留下了差不多的伤口。她是我的双胞胎姐妹，我却丢失了她。皮肤是防水的，但是面对露易丝这汪水，我的皮肤却不再设防。她淹没我，仍未退去。我依然在涉水穿过她，她敲响我的门，威胁着我内心深处的安全。我的门口没有小船，而潮水还在上涨。游过去，不要害怕。我很害怕。

这是她的报复吗？"我永远不会让你走。"

我径直回到公寓。我并不指望在那里能见到露易丝,但是那里有她曾经住过的痕迹,几件衣服、几本书,还有她喜欢的咖啡。我闻了闻咖啡,知道她已经离开一段时间了,咖啡豆已经不新鲜了,她绝不会允许这种事情发生的。我拿起一件她的毛衣,把脸埋了进去,隐隐约约闻到了她的香水味。

待在自己的家里让我有种莫名其妙的兴奋感。为什么人类如此矛盾?这里是伤心分离之地,哀悼之所,但是当见到穿过窗户的阳光和布满玫瑰的花园时,我再次感觉到了希望。我们在这里有过快乐的时光,有些快乐渗入了墙壁,在家具上留下了花纹。

我决定大扫除。以前我就发现,不间断的体力活能让脑海里的老鼠笼子平静下来。我必须在好一段时间内不担忧、不猜测,才能制订一个可行的计划。我需要安宁,而安宁不曾是我所了解的特质。

在清除郝薇香小姐①最后的痕迹时,我发现了几封写给露易丝的信,寄信人是她征询第二医疗意见的那家医院。信

---

① 郝薇香小姐(Miss Havisham),《远大前程》里的女主人公,郝薇香小姐在新婚之夜被新郎抛弃,恨透了世界上所有的男人,她收养艾丝黛拉为养女,将她培养成自己报复男人的工具,教她如何冷酷无情地用美貌折磨男人。

里提到，因为露易丝还没有临床症状，所以暂时不需要治疗。的确存在部分淋巴结肿大的现象，但是症状在过去六个月里一直保持稳定。医生建议定期检查，维持正常的生活。这三封信都是在我离开后寄来的。还有一份埃尔金的信件令人印象颇为深刻，他提醒露易丝，自己已经花了两年时间研究她的疾病，依他的拙见（"我能提醒你一下吗露易丝，在这个未知领域最有资格做决定的人是我，而不是这个兰德先生。"），她需要治疗。他的瑞士诊所的地址就在信笺抬头上。

我打了电话。接线员不愿意与我说话。诊所里没有病人。不，我不能与罗森塔尔先生说话。

我忍不住猜想这个接线员会不会是英奇口中的那种女人。

"那能让罗森塔尔太太接电话吗？"（我真的很讨厌自己必须得说出这个称呼。）

"罗森塔尔太太已经不在这里了。"

"那能让医生接电话吗？"

"罗森塔尔先生（她强调了我因省略称呼而造成的失礼）也不在这里。"

"你预计他会回来吗？"

她不知道。我挂掉电话，坐在了地板上。

好吧。别无他法，我只能去找露易丝的母亲。

露易丝的母亲和外婆一起住在切尔西。她们自认为是澳大利亚的贵族，也就是说，她们是罪犯的后代。她们住在一栋由马房改建的联排房屋中，站在楼上就能看到白金汉宫的旗杆。外婆成天待在楼上，观察女王什么时候在宫中，什么时候不在宫中。偶尔她也会中断一会儿，把食物洒在她的面前。她的手很稳，但她就是喜欢弄洒食物。这样她的女儿就有事情做了。露易丝相当喜欢她的外婆。她借鉴了狄更斯的说法，称外婆为"老豌豆"①，豌豆是外婆最常弄洒的东西。她对露易丝与埃尔金离婚的唯一建议是"把钱弄到手"。

母亲则想得更多些，而且还毫无贵族气地担心旁人会怎么说。当我对着门口的对讲机自报家门时，她拒绝让我进去。

"我不知道她在哪儿，而且她在哪儿也不关你的事。"

"福克斯太太，请开下门吧，求您了。"

一片静默。英国人的家是主人的堡垒，但是澳大利亚人的马房却是攻击对象。我拼命地用双拳砸门，尽可能大声地呼喊福克斯太太的名字。正对面，有两颗发型讲究的脑袋探

---

① 狄更斯在小说《远大前程》中塑造了一个绰号为"老父亲"（The Aged P）的角色，英文发音与"老豌豆"（The Aged Pea）相同。

出窗户向外张望,活像盒子里的潘趣和朱迪①。前门打开了。不是福克斯太太开的,老豌豆一个人出来了。

"你以为你是在狩猎袋鼠还是在干吗?"

"我来找露易丝。"

"我看你敢不敢进门。"福克斯太太出现了。

"宝贝,如果我们不让这家伙进来,邻居们会以为我们惹上了虫害或者某位长官,"老豌豆怀疑地看了我一眼,"你看上去像是从杀虫部门来的。"

"妈妈,英国没有杀虫部门。"

"没有吗?怪不得总有股怪味儿。"

"求求你,福克斯太太,我不会耽搁太久。"

福克斯太太不情愿地往后退了一步,我踏上了门垫。

当我刚走进门,与门之间只有一厘米的距离时,福克斯太太关上了门,并且也不让我再往里走。我能感觉到塑料信箱盖就压在我的脊椎上。

"有事就快说吧。"

"我在找露易丝,你们上次见到她是什么时候?"

---

①潘趣和朱迪是英国传统木偶滑稽剧中的两个人物。

"嚯嚯,"老豌豆敲着她的拐杖,"别给我演《丛林流浪》^①的桥段了。你在乎什么?是你离开了她,现在快滚吧。"

福克斯太太说:"我很高兴你和我女儿不再有纠葛,你毁了她的婚姻。"

"我对毁掉她的婚姻倒没有什么意见。"外婆说。

"妈妈,你能安静点吗,埃尔金是个了不起的人。"

"你从什么时候开始这样觉得了?你一直说他就是只小老鼠。"

"我没有说过他是只小老鼠。我说他长得矮小,而且不幸的是,他长着一张……他看起来就像……"

"老鼠!"老豌豆尖叫起来,用拐杖使劲在门上敲了敲,落点正好在我脑袋旁边。她应该去马戏团里当个飞刀手。

"福克斯太太,我错了。我不该离开露易丝。我还以为那是为了她好。我还以为埃尔金能够治好她。现在我想要找到她,照顾她。"

"太晚了。"福克斯太太说,"她对我说她永远都不想再

---

①澳大利亚家喻户晓的民谣,描写了19世纪末一个流浪汉的故事。他在丛林中流浪时,捕了只羊吃,羊主人便带了三位警察来抓他,于是他跳进池塘自杀,同时高喊"你们永远别想抓到我"。其歌词传达了一种自由不受拘束的精神。

见你。"

"她有段时间过得比河床上的蛤蟆还糟。"老豌豆说。

"母亲，去坐会儿，你累了。"福克斯太太倚在扶手上，说道，"我能应付得来。"

"她是布里斯班地区最漂亮的女人，看看她如今是被怎样对待的。你要知道，露易丝跟我年轻时一模一样。我那时也身材很好。"

很难想象老豌豆能有什么身形曲线。她就像小孩画出来的雪人，两个圆圈，一个叠在另一个上面。我第一次注意到了她的头发：头发卷曲，向上立起，一团不断生长、永不静止的乱麻从紧绷绷的发圈里挣脱出来，就跟露易丝的一样。露易丝告诉过我老豌豆曾是澳大利亚西部无可争议的选美皇后。在二十世纪二十年代，有超过一百个人向她求婚，其中有银行家、勘探员，还有实业家摊开一张新的澳洲地图，指着上面他们要去开发的地方说："亲爱的，当你成为我的人，这些就都是你的了。"而老豌豆嫁给了一个放羊的农民，生了六个孩子。离得最近的邻居家也得骑马赶上一天的路才能到。我突然看到她，裙子拖到地面，手放在屁股上，泥路在地平线处消失。周围一望无际，只有一道天光暗示着距离。

这位海伦·露易丝小姐就是干涸的土地上燃烧的灌木。

"你这家伙又在看什么?"

我摇摇头:"福克斯太太,你知道露易丝去哪里了吗?"

"我只知道她不在伦敦,她可能去国外了。"

"她收拾东西离开了那个医生,离开的时候,瘦得就像只住在塑料工厂里的潮虫。呵呵呵。"

"妈妈,你能别说了吗?"福克斯太太转向我,"我觉得你最好现在就走,我帮不了你。"

福克斯太太打开门,与此同时,她的邻居把他们的门关上了。

"我说什么来着?"老豌豆说,"我们声名狼藉。"

她厌恶地转过身,拄着拐杖快步走过门厅。

"埃尔金今年本来能入选授勋名单,你知道的吧?露易丝让他失去了这个机会。"

"别傻了,"我说,"幸福的婚姻与这个名单没有关系。"

"那他为什么没有入选?"她砰地关上门,我听到她在门厅里哭起来。她是因为与了不起的人断绝关系而哭,还是为她的女儿而哭?

夜晚，夫妇们手挽手在闷热的街道上散步。楼上的一扇窗户里传来技术生涩的雷鬼乐队演奏声。餐厅纷纷开始推崇露天风格，但是在漫天灰尘的街道上放些藤条椅子，旁边还有巴士碾过，这可一点也没有威尼斯风情。我看着垃圾在比萨和玻璃饮料瓶间飞扬。一位贼眉鼠眼的服务生对着收银员的镜子整理领结，拍了拍她的屁股，在自己那红色的舌头上放了块薄荷糖，然后摇摇摆摆地走向一群喝着金巴利酒和苏打水的未成年少女："女士们要点些什么吃的吗？"

我跳上等到的第一辆公交车，没管目的地是哪里。既然我无法靠近露易丝，去哪里又有什么关系？这座城市正在溃烂流脓。车子开动的时候司机不能打开车门，而车里有一股汉堡和薯片的气味。一个穿着无袖尼龙连衣裙的胖女人叉开腿坐着，把鞋子当扇子用。她脸上的妆化成了一道道污垢。

"开门，狗日的。"她喊起来。

"滚。"司机看都没看一眼说，"你不认识布告牌上写的字吗？你不认字吗？"

布告牌上写着"车辆行驶中请不要打扰驾驶员"，而那时，车被堵得一动不动。

随着温度越来越高，我前面的男人摸出手机开始打电话。

正如所有的手机用户一样,他也没有什么紧急的事情要说,他只是想要拿出手机聊点什么。他瞄了我们一眼,看看我们是否在关注他。等他终于说完"那么晚安吧,我的伙计凯文",我非常有礼貌地问他,能否借他的电话,我会付给他一英镑。他很不愿意与这构成他男子汉气概的重要物件分开,但还是同意为我拨了号码,并拿着电话举到我耳边。当铃声响了几次都没人接时,他说:"打不通。"他收下了我的钱,然后把他的宝贝用斗牛犬链挂回脖子上。露易丝家没人接电话。我决定自己去看看。

我找了辆出租车载我穿过傍晚的酷热,我们转进广场,恰巧此时,埃尔金的宝马停在了路边。他下车后为副驾驶座上的女人开门。她是个穿着职业套装的小个子,化着精致的妆,梳着即便直面暴风疾雨也绝不动摇晃荡的发型。她提着个小旅行袋,埃尔金拖着只箱子。两人一起笑着。他吻了她,摸索着拿出钥匙。

"下不下车?"司机问我。

我尽力控制自己,站在门阶上深呼吸后,按响了门铃。保持冷静,保持冷静,保持冷静。

那位辣妹开了门,我灿烂地笑着,绕过她走进宽敞的门厅。埃尔金背对着我。

"亲爱的……"她刚要说话。

"你好,埃尔金。"

他猛地转过身来。我没想到人们在现实生活中会做出这样的反应,还以为这只会出现在怪异的犯罪惊悚片里。埃尔金像弗雷德·阿斯泰尔[①]一样挪动着身体,走到我与他的女朋友之间。我不知道为什么。

"去泡几杯茶好吗,亲爱的?"他说完,她就走开了。

"你是用钱让她这样听话,还是用爱?"

"我跟你说过永远不要再到这里来。"

"你还跟我说过很多我本该无视的话。露易丝在哪里?"

那一瞬间埃尔金看起来非常吃惊,他以为我是知道的。我看了看门厅,这里摆了张丑陋的枫木制新桌子,木材中镶嵌着黄铜丝,桌腿弯曲。毫无疑问,这是从那种表面上没有标价而实际上到处都显示着价格的商店买来的,是室内设计师会为阿拉伯客户买的那种门厅桌。旁边还有一台暖气设备。

[①] 弗雷德·阿斯泰尔(Fred Astaire,1899–1987),美国著名的舞蹈家、电影演员、舞台剧演员,他的舞蹈开创了美国30年代歌舞喜剧片的风格,对歌舞片的发展具有重大影响。

露易丝已经有一段时间不住在这里了。

"请你离开。"埃尔金说。

我拽住他的领带,把他压在门上。我从未上过搏击课,所以我只能凭着自己的直觉乱来,把他的气管塞进他的喉咙。这样好像有用,但不幸的是,他说不出话了。"你打算告诉我发生了什么吗?嗯?"我把领带又拽紧了些,眼看着他的眼珠凸了出来。

辣妹端着两只马克杯轻快地顺着楼梯走了回来。两只马克杯。真粗鲁。她像个蹩脚的演员一样僵住不动,然后尖叫起来:"放开我的未婚夫。"我十分震惊,放开了他。埃尔金一拳打在我肚子上,将我抡到墙上。我摔倒在地,像海豹一样嚎叫。埃尔金朝我的胫骨踢了一脚,但我当时并没有什么感觉,后来才反应过来。当时,我的眼里只有他闪亮的皮鞋,还有她精致的露趾皮鞋。我吐了。我蜷缩在黑白菱形大理石瓷砖铺就的地板上,像维米尔①画里多余的人,此时,埃尔金作为一个刚刚快被勒死的人,极尽傲慢地说:"没错,露易

---

① 约翰内斯·维米尔(Johannes Vermeer, 1632－1675),荷兰最伟大的画家之一,代表作品有《戴珍珠耳环的少女》《花边女工》等,擅长描绘中产阶级家庭内部的场景。

丝和我离婚了。"我还在往外咳吐鸡蛋番茄三明治,但是却带着一种老酒鬼的优雅努力站起来,用手擦擦嘴,把脏手背抹在了埃尔金的外套上。

"上帝啊,你真恶心。"辣妹说,"上帝啊。"

"你想不想听我给你讲一个睡前故事?"我问她,"关于埃尔金和他的妻子露易丝,哦,也关于我。"

"亲爱的,去车里打电话报警,好吗?"埃尔金打开了门,辣妹急忙跑出去。虽然我现在非常虚弱,我还是大吃一惊:"她干吗要去车里打电话,你这是在炫耀吗?"

"我的未婚妻去车里打电话是为了保障人身安全。"

"不是因为有些事情你不想让她听到?"

埃尔金同情地笑了一下,他向来不善于微笑,通常只是他的嘴巴在脸上动一下:"我想你该走了。"

我看了眼路边的车,辣妹手上拿着手机,膝盖上摊着使用手册。

"我想我们还能聊一会儿,埃尔金,露易丝在哪里?"

"我不知道,也不在乎。"

"你圣诞节的时候可不是这样说的。"

"去年我以为我能让露易丝明白事理,但我想错了。"

"这和授勋名单没有关系吧?"

我并没指望他做出回应,但是他苍白的面颊突然变得像小丑的脸一般通红。他粗暴地把我推下台阶,"够了,滚出去。"我的头脑清醒了,在那个瞬间如同被参孙①附身,恢复了力气。我站在他下面的台阶上,站在他嫉妒的水位线以下。我想起了那个他在厨房里指责我们的早晨。他希望我们愧疚,悄悄离开,希望我们的欢乐能够毁于成人世界的礼节。但最终却是露易丝离开了他。自私的终极举动;一个把自己放在第一位的女人。

我像小马驹般疯狂,为露易丝的离开而喜悦到发狂。我想象着她收拾东西,关上门,永远地离开他。她自由了。那在风中扇动翅膀飞过田野的是你吗?为什么我没有相信你的话?我又比埃尔金好多少?现在你愚弄了我们俩,然后自己离开。陷阱没有困住你,它困住了我们。

如小马驹般疯狂。摧毁埃尔金。我的感情由此溢出,并非如感恩的喷泉般涌向露易丝,而是像地狱之河般漫过

---

① 参孙是《圣经·士师记》中的一位犹太战士,生于公元前 11 世纪的以色列。参孙曾凭借上帝所赐的极大力气,徒手击杀雄狮并只身与以色列的外敌腓力斯丁人争战周旋,并因而著名。

埃尔金。

埃尔金开始对辣妹打手势,他的胳膊夸张地打着信号,真是个手持豪车钥匙的愚蠢木偶人。

"埃尔金,你是医生,对吧?那你一定知道医生可以通过一个人的拳头大小知道他心脏的尺寸。这就是我的拳头。"

当我如进行毫不圣洁的祈祷般双拳紧握,对埃尔金的下巴发起一连串进攻时,我能看到他极度震惊的表情。击中。头猛地后仰,发出绞肉机一样恶心的嘎嘎声。埃尔金像胎儿般蜷缩,倒在我脚边,流着血,发出猪在食槽里吃东西的声音。他没有死。为什么没死呢?如果死对于露易丝来说那么容易,为什么对于埃尔金来说就如此困难?

我不再愤怒。我把他的头调整到一个比较舒适的位置,从门厅拿了个垫子过来。当我扶起他被打烂的脸时,一颗牙掉了出来。金的。我把他的眼镜放在门厅桌子上,慢慢走下台阶,朝他的车走去。辣妹半个身子露在车外,嘴巴像飞蛾一样扑扇着:"上帝,上帝,哦,我的上帝,上帝啊。"仿佛不断地重复一个词,就有可能完成宗教信仰都做不到的事一样。

她手腕上绕着挂绳,电话在绳子上无力地垂着,里面传来接线员沙哑的声音:"火警、警察、救护车,您需要哪项服务?火警、警察、救护车,您需要……"我温柔地接过电话,"救护车。西北三区南丁格尔广场五十二号。"

我回到公寓时,天已经黑了。我的右手手腕严重肿胀,脚也跛了。我把冰块装在几只购物袋里,用透明胶带将它们缠在跛脚上。除了睡觉我什么都不想做,于是我躺在很久没有换过的脏床单上睡了过去。我睡了二十个小时,然后叫了辆车去医院,又在门诊部花了差不多长的时间。我的手腕断了一根骨头。

在给手臂打石膏期间,我把所有设了癌症科室的医院都列了出来。他们都没有听说过露易丝·罗森塔尔或露易丝·福克斯。她没有在任何地方接受治疗。我与她的顾问联系,他说这段时间她没有找他咨询,除此之外拒绝再告诉我任何其他信息。她那些我见过的朋友,自从她五月突然消失后也再没见过她。我又联系了她的离婚律师,她也没有露易丝现在的联系地址。在一段艰难的沟通后,她同意把露易丝在离婚期间使用的地址给了我。

"你知道这是不符合职业道德的吗?"

"你知道我是谁吗？"

"我知道，所以我为你破例了。"

她放下电话，在各种文件中窸窸窣窣一阵翻找。我的嘴唇很干。

"有了：西北一区飞龙大街四十一号Ａ座。"

这是我公寓的地址。

我在伦敦待了六个星期，一直住到十月初。我等待着埃尔金的指控，告我对他造成人身伤害。但是没有任何动静。我去了他家，发现门关着。出于他自己的原因，他不会再和我联络。可是他明明可以报复我，甚至让我坐牢，他为什么不这样做呢？我害怕想起那些疯狂的行为。我一直有发狂的倾向，它常常开始于太阳穴的悸动，然后就陷入了疯狂，我知道自己在发疯，却无法控制。可以控制，我控制了很多年，直到我遇见了露易丝。她在照亮我的同时也唤醒了我的黑暗面，这就是你承担的风险。我不会对埃尔金表达歉意，因为我并不感到抱歉。没有歉意，却感到羞愧，这听起来奇怪吗？

夜晚，最昏暗的时候，月亮已经低垂而太阳还未升起，我醒来，确信露易丝是去独自迎接死亡了。我的双手发抖。

我不希望事情发展到这一步，我宁愿接受另外一种现实：露易丝安全地待在某个地方，忘记埃尔金和我，或许与其他人在一起。梦到这个场景时，我常会试图从梦中醒来。即便如此，这也比承受她死去的痛苦要好些。我内心仅有的平静都来自于她的快乐。我必须要相信这个故事。每个白天我都对自己讲一遍，每个夜晚我都将它揣在胸口。这是我的慰藉。我为她造了各种房子，布置好她的花园。她在国外沐浴着阳光，她在意大利的海边吃着贻贝，她有一幢白色房子倒映在湖中。她没有生病，没有被抛弃在一间拉着薄窗帘的出租屋里。她很好。露易丝很好。

白血病人的特征是身体在病情缓解后会经历一个迅速衰微的过程。放疗和化疗都能缓解病情，有时病情自己就会得到缓解，没有人能确定这是为什么。医生无法精确地预估病情是否会稳定，也无法预测能稳定多久。所有癌症都是如此，身体与自己跳舞。

干细胞分裂出的细胞不再分化，或者分化速度大幅减缓，肿瘤就会停止生长，病人不再感到痛苦。在预后[①]早期，治

[①] 预后是指预测疾病的可能病程和结局。

疗带来的毒副作用还未将身体压垮，耗尽体力，如果此时病情能够缓解，那么病人就不会很痛苦。不幸的是，掉发、皮肤变色、长期便秘、低烧和神经失调都可能是病人为了多活几个月而付出的代价，也有可能是几年。这就是病人冒的险。

癌细胞转移是问题所在。癌症有个独一无二的特征：它可以从原来的病灶转移到不相干的组织。转移通常是导致病人死亡的原因，而这种转移的生物学原理正是医生们不理解的地方。他们所接受的知识训练使他们无法理解这一点。在医生的习惯思维中，身体是由一系列节点组成的，它们在必要的时候可以被分开治疗，因此，身体在遇到癌症时会变成一个整体，这是个恼人的概念。整体治疗是信仰治疗师和疯子才会用的疗法，不是吗？没有关系。载满药物的手推车滚滚向前，轰炸战场，用射线照射肿瘤看看效果。没有好转？把杠杆、锯子、刀和针拿出来用一用。肝脏像足球那么大？绝望的疾病有绝望的治疗办法。通常在病人去看医生前，癌细胞就已经发生了转移，此时就更要采用绝望疗法。医生不会把这个消息告诉你，但是如果癌细胞已经开始转移，那么治疗那些表面的问题（肺、乳房、皮肤、肠子、血液）将不会改变预后诊断。

我今天去了墓地，走在地下墓穴间想着有关死人的问题。在较老旧的墓碑上，熟悉的骷髅标志上的欢乐感让我很不舒服。那些咧嘴微笑的脑袋被剥夺了人情味，它们为什么看起来如此高兴？骷髅竟会咧嘴微笑，对于我们这些带着阴郁的花朵和哀伤严肃的神情来到这里的人来说，这实在令人反感。这是一片哀悼的土地，一个寂静与叹惋的地方。对于我们来说，防雨外套、灰色的天空和灰色的坟墓都使人感到压抑。这里是我们所有人的尽头，但是我们不要这样想。我们的身体依然坚挺，抵御着风的肆虐，我们就不要去想这深深的泥土，也不要去想那将用根须找到我们的耐心的常春藤。

六个穿着长衫、戴着白围巾的抬棺人把尸体抬进坟墓。眼下，称之为坟墓实在是高抬了它。在花园里，这可能就是一道为种植芦笋苗而挖的沟渠，给它施肥，让它生长，这是一个充满希望的洞。但是这不是芦笋苗床，这里是亡者最后的安息之所。

看看这个棺材。棺身是全橡木的，不是几块薄木板。把手由实心黄铜制成，不是一个喷漆铁块。内衬是充填了海绵的生丝，生丝腐烂起来非常优雅，会在尸体的周围形成精美的丝缕。而塑胶内衬，廉价而受欢迎，不会腐烂。你还不如被葬在一只尼龙袜子里。

DIY从没流行过,给自己做棺材是件令人毛骨悚然的事。你可以买到做船的装备、造房子的装备、搭庭院家具的装备,却买不到做棺材的装备。倘若事先就挖好墓穴,并将其合理排列,我想自己做棺材也不会带来什么麻烦。这难道不是我们能为爱人做的最温柔的事情吗?

今天的葬礼上有很多鲜花:暗淡的百合、洁白的玫瑰和几枝垂柳。通常,刚开始会摆放漂亮的鲜花,然后亲友变得冷漠,鲜花就让位给了装在牛奶瓶里的塑料郁金香。要不就是一个靠在墓碑上的假威基伍德[①]花瓶,承受雨淋日晒,而从伍尔沃斯超市买来的小树枝恣意生长,将花瓶压翻。

我想我是不是遗漏了什么?也许同性相吸,所以这里的花是死的。或许它们摆出来的时候就已经是死的。或许人们觉得墓地里的东西就应该是死的,这个想法有一定道理。或许在这里乱添充满生机的夏之美好和秋之华丽是不礼貌的。就我自己而言,我更想在奶油色的大理石板前种一棵红色灌木。

我们都将回到那个洞里。六英尺长、六英尺深、两英尺

---

①英国顶级的瓷器品牌。

宽是标准尺寸，但也可以根据要求有所不同。这个洞非常公平，因为无论进去的是何等绚丽的事物，无论是贫穷还是富有之人，最后都将归于相同的家园。空气围于泥泞。照他们的行话说，这是每个人都会经历的加里波利①。

挖洞是件辛苦活。我听说人们不太喜欢这项工作。它是件消耗时间的老派工作，不论霜冻还是冰雹，都得完成任务。就算泥水渗进靴子，也要继续挖。靠在旁边喘口气的工夫，湿气就会渗透到骨头里。十九世纪时，挖墓人死于潮气是很常见的。那时自掘坟墓可不仅仅是一种修辞。

对于死者的亲友来说，坟洞是个可怕的地方。这是一道令人晕眩的缺口，象征着缺失。这是你最后一次待在你的爱人身边，之后就必须把她或者他留在黑暗的洞里，虫子们就会开始它们的工作。

对大部分人来说，盖棺前的那一幕会被铭记一生，使其他更美好的记忆黯然失色。太平间里的工作人员把下葬称为沉降，在沉降之前，必须对身体进行清洗、消毒、排水、修复和上妆。若干年以前，这些杂务通常是在家里完成的，但

---

①加里波利战役发生在1915年，即第一次世界大战期间。在这场战役中，盟军惨败，死伤无数。

那时这些不是杂务，而是爱的举动。

你会怎么做？把这具身体交到陌生人的手上？无论健康与否，这具身体曾经躺在你的身旁。无论消逝与否，这具身体是你的双手依然渴望拥抱的。你曾与每块肌肉都那么亲密，与在睡梦中扇动的眼睑都那么熟悉。这是写有你名字的身体，现在却要被转交到陌生人的手中。

你的爱人沉入了陌生的土地。你呼喊，但是你的爱人听不到。你在田野和山谷中呼喊，但是你的爱人不会回答。天空缄默隔绝，那里渺无人烟。大地坚硬干燥，你的爱人不会从那儿回来。或许你们之间只隔了层纱，你的爱人就在山上等待。耐心点，用你敏捷的双脚行进，让身体像卷轴般下坠。

我离开了葬礼，穿过墓地的私人区域。人们已经任由这里自生自灭。天使和翻开的《圣经》被常青藤缠绕。灌木丛生机勃勃。墓间跳跃的松鼠和树上唱歌的黑鹂对死亡完全不感兴趣。对它们来说，虫子、坚果和阳光就已经足够。

"约翰的爱妻。""安德鲁和凯特的独生女。""躺在这里的人，爱得并不明智，却过于美好。"尘归尘，土归土。

在冬青树下，两个人正挖着墓穴。节奏分明，行动果断。我经过时，其中一人碰了碰自己的帽子，向我致意。我接受了不属于我的同情心，觉得自己像个骗子。在这死气沉沉的一天里，铁锹的叮当声和掘墓人低沉的说话声对我来说也是愉快的。他们就要回家喝茶洗澡了。哪怕是在这样的地方，生活的规律性也是让人安心的，真荒谬。

我看了看表，关门的时间快到了。我该走了，不是因为害怕，而是出于尊重。成排的桦树后，太阳正缓缓落下，把长长的树影投射在路上。坚定的墓碑沐浴在阳光下，深深的刻字被镀上金色光芒，天使的号角熠熠生辉。大地也因阳光而充满生气。它的颜色不是春天的赭黄，而是深秋的洋红。这个染血的季节。有人已经在树林里开火猎杀。

我加快了步伐。奇怪的是，我内心却想要留下。逝者在夜里做什么？他们是否会出来对着呼哨穿过肋骨的风咧嘴大笑？他们又怎么会在乎天气严寒？我对着手呵了呵气，到门口的时候，夜班保安正叮叮当当地挂上沉重的铁链和挂锁。他是要把我锁在外面，还是要把他们锁在里面？他对我诡秘地眨眨眼，拍拍挂在他胯部的八英寸长的手电筒。"没有什么能够逃过我的眼睛。"他说。

我沿路跑到咖啡馆。这是个欧式的高档地方，只不过价格更高，营业时间更短。在你离开埃尔金之前，我曾经在这里与你约会。我们做完爱便来这里。做爱以后你总是很饿，你说你想吃的是我，所以你能满足于只吃一个烤三明治已经很好了。抱歉，是奶酪火腿三明治，菜单上是这样写的。

直到今天我还在小心翼翼地回避我们的旧时记忆（悲伤手册是这样建议的）。直到今天我还是希望能找到你，或者退一步，希望能知道你过得怎么样。我从不想成为被梦魇折磨的卡珊德拉①，可是我正被折磨。疑虑的虫子早就在我的肠子里安了家，我不再知道该相信什么，什么是对的。我从我的虫子那里得到死亡般的安慰。那些将要吞噬你的虫子会先吞噬我。它们钝硬的脑袋钻进你溃烂的组织时，你不会感觉到。它们会攻克筋腱、肌肉、软骨，直到寻得骨头，直到骨头自己也放弃，这种盲目的坚持你也不会知道。街上的一条狗都可以啃食我，我已化为空壳。

墓地的大门直通此处，通向这家咖啡馆。把滚烫的咖啡倒进忙碌的喉咙能带来潜意识的安慰。如果妖怪、血骨头、骷髅头和食尸鬼能够找到我，就让它们来吧。这里明亮，温

---

①希腊神话中的预言女神。也指一种精神疾病，以及那些对尚未发生并且毫无根据的灾难异常恐惧并为恐惧所累的人。

暖,烟雾腾腾,牢固可靠。我决定来这家咖啡馆是出于自虐,出于旧习,也是出于希望。我想它或许会给我安慰,尽管我也意识到从熟悉的东西那里获取的安慰是多么微不足道。当那么多重要的事情都已经改变,它们怎能依旧如故?为什么你的毛衣依然保有你的味道,保持你身体的形状?你都已经不再穿它了。我不要想起你,我要拥有你。我一直在考虑离开伦敦,回到那间可笑的出租屋里待一阵子。为什么不呢?重新开始,这不是最有用的陈词滥调之一吗?

十月。为什么还待在这儿?没有什么比在孤独的时候置身人群更糟糕了。这座城市永远是那么拥挤。我坐在咖啡馆里,要了一杯卡尔瓦多斯白兰地和一杯意大利特浓咖啡,门开开关关了十一次,男孩们或者女孩们走进来,和另一个要了卡尔瓦多斯白兰地和意大利特浓咖啡的男孩或女孩见面。在高高的黄铜玻璃柜台后面,系着长围裙的服务生正互相开着玩笑。咖啡馆里放着音乐,应该是灵魂乐[①]。每个人都忙碌、快乐,或者仿佛故意表现得不快乐。在那头的两个人,他郁郁寡欢,她焦虑不安。他们俩进展得不太顺利,但是至少他

[①] 20世纪50年代发源于美国,是一种结合了节奏布鲁斯和基督教音乐的音乐流派。

们还在交谈。我是咖啡馆里唯一一个独自坐着的人。我曾经喜欢独处,那时候我奢侈地知道,过一会儿就会有人推开厚重的门来找我。我记得,那几次约会时,我会比预定时间提早一个小时到达约会地点,自己喝上一杯,看一本书。等时间差不多了,门被推开时,我几乎感到有些遗憾。我站起来亲吻你的脸颊,搓搓你冰凉的双手。选择孤独能给我带来一种愉悦感,这种愉悦就好比穿着温暖的大衣在雪天漫步。谁想要脱光了在雪天漫步?

我付账离开,走到街上,有目的地大步行走,看起来就好像是有地方可去。我公寓的灯亮着,而你也会带上钥匙,如约在那儿出现。我不必着急,正享受着夜晚和脸庞上的寒意。夏天已逝,寒冷将至。今天我负责购物,你说你会煮饭的。我会打电话给你,并买来红酒。我知道你会在那儿,这让我充满信心,浑身放松。有人在等待着我。这样的生活有持续性,也有自由度。我们可以像风筝一样飞翔,握着彼此的引线,无须担心风太猛烈。

我来到公寓外。灯暗着。房间是冷的。你不会再回来了。尽管如此,我还是要坐在门边的地板上,给你写一封信,附上我的地址,并在我离开的那个早晨,把它留在这里。

如果你看到了请回复我。我们在咖啡馆见。你会去的对吧,你会去吗?

在城际列车的咆哮之后,是支线火车的缓慢摇晃。现在英国铁路称我为"尊敬的顾客",但是我仍喜欢那个老派的称呼,"乘客"。你不觉得"我瞥了一眼同行乘客"要比"我瞥了一眼列车上的其他顾客"更浪漫,也更有希望吗?顾客们买芝士、丝瓜络和避孕套。乘客的行李箱里或许也装着这些东西,但是让他们显得有趣的并不是想到他们买了什么东西。同行乘客可能带来一场奇遇,而我与同行顾客之间的相同之处却只是我的钱包。

干线火车站内,我在隆隆作响的对讲机和显示"延误"的告示牌间奔跑。行李存取处的背后有一条小小的轨道,这曾是这个车站唯一的轨道。多年以前,站内的建筑被漆成深红色,候车大厅里燃着炉火,还供应当天的早报。如果你向站长询问时间,他会从马甲口袋里掏出一块巨大的猎人牌金色怀表,像德尔斐城①的希腊人一样仔细查看。他会如同道

---

①古希腊的一座城市,因城中的阿波罗神庙而闻名。

出永恒的真理般给出回答，尽管那个时刻已经过去。那时候我还很小，小到当爸爸直视站长的眼睛和他交谈时，我可以躲在站长的大肚子下面。小到自己分辨不清真相。

现在那个小轨道已经被判处死刑，或许明年就要执行了。站内也没有了候车大厅，无处躲避狂风和暴雨。这是个现代化的站台。

呜咽的火车颤抖着停下来，喷出一口气。火车很脏，挂着四节车厢。我没有看到保安和列车长，也没到司机，只有一份折叠的《太阳报》放在驾驶室窗户上。车厢里，火热的车闸味、浓烈的汽油味与没有拖过的地板味混合成铁路上令人作呕的熟悉气味。我立刻像回到家般自在，开始透过一层薄薄的唤起回忆的尘埃观看风景。

真空中，所有光子都以相同的速度运动。穿越空气、水或者玻璃的时候，它们就会减速。不同能量的光子减缓速率也不同。如果托尔斯泰知道这一点，他会不会发现《安娜·卡列尼娜》的开头犯了可怕的错误？"幸福的家庭都是相似的，不幸的家庭各有各的不幸。"事实却恰好相反。幸福总有特别之处，不幸却大同小异。人们总是明确地知道自己为什么幸福，却很少知道为什么不幸。

不幸就是一种真空。一个没有空气的空间，一个死气沉沉让人窒息的地方，一个悲哀之人的处所。不幸是一片租屋街区，房间像鸡笼般层层垒加，你会坐在自己的粪便上，躺在自己的污秽里。不幸是一条无法掉头也无法停止的道路。沿路向前，被后面的人推搡，被前面的人绊倒。沿路向前，速度飞快，尽管日子都已铅化干瘪。一旦开始，一切便会飞快行进，现实世界里没有能让你慢下来的锚，没有可以抓稳的东西。不幸把生命的支架都推开，让你自由坠落。不论地狱对你来说是什么样，不幸中有成千上万个这样的地狱等着你。在这里，所有人都噩梦成真。

我待在火车车厢里，封闭在厚厚的玻璃后面，安逸地与责任隔开。我知道我在逃避，但是我的心已经成为不毛之地，寸草不生。我不想面对现实，重振旗鼓，脱离困境。在我心脏干涸的河床上，我学着无氧生存。我可能会如受虐狂般沉浸于此。我下沉得太深，无法做出决定，而这也带来了某种令人晕眩的自由。如同在月球上无重力地行走，死魂灵们排成统一的队列，宇航服太笨拙而无法互相触摸，头盔太沉重而无法与人交谈。成千上万的可怜人在时间里无望地行走。不幸的世界里没有钟表，只有永无休止的嘀嗒声。

火车晚点。我们停在路堑里，周围什么都没有，只听到人们翻阅晚报的沙沙声与引擎疲惫的轰鸣声。没有什么可以打扰这消极荒凉的场景。我把脚搁在肮脏的椅垫上。和我隔了两个座位的男人在睡梦中打鼾。我们不能出去，也不能继续行进。这又有什么关系？为什么不能在灼热污浊的空气里放松下来？"紧急情况下请砸碎玻璃。"现在就是紧急情况，但是我无法抬起胳膊来砸出我的出路。我也无力按响警报。我想要站起来，变得强壮而高大，跳出窗户，拍拍袖口上的玻璃碴，说："那是昨天，这是今天。"我想要接受我做过的事情，然后放手。但是我不能放手，因为露易丝或许依然在绳子的另一头。

村里的车站很小，直通一条小径，从一片冬麦田间蜿蜒而出。这里向来就没有检票员，只有一个四十瓦的灯泡和一块写着"此处通行"的标识。我对这一点指引心存感激。

小径是用煤渣堆出来的，踩上去会发出尖锐的声响。你的鞋子上会留下片片木炭和白灰，但是这总好过雨夜里的淤泥。今晚没有下雨，天空干净清澈，没有云朵，只有星星和一枚沉醉的月亮仰卧着、摇摆着。尖木桩篱笆旁有一排白蜡树,把你从人造世界带入乡村深处,这里的土地只适合羊群生存。羊群隐没在像毛皮一样厚的草丛里,我能听见它们咀嚼的声音。走路时要小心,田野里有沟渠。

我本可以在这样的深夜里叫辆出租车,而不是不带手电筒走上六英里的路。是寒冷与悲恸把我送上了这条煤渣路,远离酒吧和电话。我把包甩在身后,走向山边。爬上去,翻越它。三英里上坡,三英里下坡。我们曾经走了整夜的路,露易丝和我,我们穿过黑暗,仿佛它就是个隧道。我们走向清晨,清晨在等待我们,天色已经大亮,太阳高悬在平坦的原野上。回头望去,我想我看到了黑暗,它还待在原地。我没想到它会尾随我们。

我闯入了牛群,它们的蹄子上沾着一圈泥土。我自己的脚也戴上了泥镣铐。我没想到地面上会有水洼,缓行的山坡给满溢的泉水提供了排水槽。干燥的夏季,地面枯涸,雨水无法渗透到土壤的含水层里去,只能汇聚到泉水中,再由泉水向含水层供给水分。泉水溢出,喷涌着白色泡沫的激流倾泻而下,最后变为稻田里的水洼,牛涉水而行,来寻找丰茂的牧草。幸运的是,水洼反射着月光,为我照亮了一条道路,这条路上满是泥泞,但没有被水浸透。我从城里穿来的便鞋和薄袜根本无法抵抗。我的长大衣很快被溅满泥点。母牛疑惑地看着我，乡间动物看到人类时总是这副表情。我们看起来傻透了，根本不像是自然的一部分。我们是打乱猎物和捕猎者之间严格秩序的闯入者。动物们知道谁是猎物、谁是捕猎者，直到它们遇见了我们。今天晚上母牛们笑到了最后。它们平静的反刍、它们从容的身体、它们在山坡上投下的黑色身影，都嘲弄着这个背着大包在他们身边跌跌撞撞的身影。哇哦，那里！把那牛臀肉拿回来。而作为一个素食主义者，我甚至无法谋划如何报复。你能杀死一头母牛吗？我有时候会与自己玩这个游戏。我能杀死什么？我能想到的最过分的是鸭子，然后我便在池塘里看到一只，嘎嘎乱叫，撅起屁股潜水，黄色的脚丫拍打着棕色的湖水。把它捞出来然后拧断它的脖子？我用枪打过几只，这容易得多，因为距离远。我不吃那些我不敢杀的。这听起来似乎卑鄙伪善。你们这些母牛完全不用害怕我。我走过去时，母牛们一起抬起头。与厕所里的男人一样，母牛总是动作一致，羊也是如此。这总令我觉得困扰。注视、吃草和排尿有什么共同点吗？

我去灌木丛后面撒尿，为什么在午夜，在荒无人烟处，人们依然想要躲在灌木丛后撒尿，这就是生命的又一种奥义了。

山顶土地干燥，风声凛冽，景色怡人。村子里的灯光像是战争时期的坐标，是房屋与小路在黑暗掩护下的秘密会议。我坐下来吃了一个鸡蛋和一块水芹三明治。一只兔子经过，又怀疑地看了我一眼，随后短尾巴一闪钻进了洞里。

马路经过的地方，灯光排列成丝带状。明亮的火光在遥远的工厂区闪耀。天空中，一架飞机上载满昏昏欲睡的人，亮起了红绿着陆指示灯。就在村子柔和灯光的映衬下，远处一扇窗子里的一抹灯火如指明灯般高悬于其他之上，那是一座照亮道路的灯塔，我希望那是我的房子。爬上山顶后我便能看清自己的方向。在走上通往家门的长长小径前，我还要穿过黑暗的灌木丛，经过陡峭的斜坡。

我想你露易丝。雨水无法浇灭爱情，洪水也无法将其淹没。那是什么杀死了爱情？只有这个：忽视。当你站在我面前的时候看不见你，不因细微的事情想到你，不为你清除路障，不为你布置餐桌。出于习惯而非欲望来选择你，经过花店的时候从不停留。不洗碗，不铺床，白天忽视你，晚上利用你。亲吻你的面颊时却渴望他人；说出你的名字时却充耳不闻，认定它为自己所有，可以随意召唤。

当你说你不会回到埃尔金身边的时候，为什么我没有听你的话？为什么我没有看到你严肃的面孔？那时我确实认为自己出于正确的理由在做正确的事情。时间向我展示了它内部的复杂性。我的英雄事迹和牺牲精神到底是关于什么的？是你的顽固还是我自己的？

一个朋友在我离开伦敦前说："至少你与露易丝的感情没有失败，这是一段完美的爱情。"

是吗？这就是为完美付出的代价吗？歌剧式的英雄事迹和悲剧性的结尾？一个挥霍感情的结局是代价吗？大部分歌剧的结尾都消耗了人们的感情。大团圆的结局都是妥协。这就是我该选的选项吗？

露易丝，你眼睛里的星星，是我的星座。我忠诚地跟随着你，却低下了头。你带我离开屋子，飞越屋顶，远离一切约定俗成和得体行为。没有妥协。我本应相信你，却失去了勇气。

我继续攀爬，在灌木丛中辨别和寻找通往小径的方向。我走得很慢，一个半小时以后，我把包扔过最后一道沟渠，跃了过去。现在月亮高悬，在粗糙的道路上投下长长的影子。四周很安静，只有狐狸突然蹿过树丛的声音。很安静，只有早起的猫头鹰的叫声。很安静，只有我的脚摩擦石子路的声响。

在离我的小屋差不多半英里远时，我看见窗户里亮着灯。盖尔·莱特知道我要回来，我往酒吧打了电话。她一直在照顾猫，并答应帮我生个火，留些食物。我想要食物和火，却不想要盖尔·莱特，她体形太大，太有存在感了，而我觉得自己正一天天地失去存在感。我走累了，我的身体对此产生了令人满足的麻木感。我渴望我的床，渴望能有一段时间陷入沉睡。我下定决心要对盖尔更强硬些。

月光给地面披了层霜，地面在我的脚下闪着银光。河水汇成一条粗线穿过树林，水面飘浮着一层薄雾。水流声低沉清晰，平稳深邃。我弯腰洗脸，让冰冷的水珠从围巾滚落到胸口。我晃了晃身体，向肺里灌入空气，一阵寒意从肺部贯穿至喉咙。现在很冷，星星在我的头顶闪烁着金属的光泽。

我走进小屋，门没有锁，盖尔·莱特坐在椅子上，半睡半醒。炉火像正在施魔般燃烧，桌子上放着鲜花。鲜花和桌布。破烂的窗户上还挂了新窗帘。我的心里一沉。盖尔一定是搬进来住了。

她醒了，照了照镜子，然后她轻轻吻了我一下，解开我的围巾。

"你都湿透了。"

"我在河边逗留了一会儿。"

"希望你没有想着要结束这一切吧。"

我摇摇头，脱掉了不合身的外套，它对我来说太大了些。

"坐下，亲爱的。我煮了茶。"

我坐在松垮的扶手椅里。这就是应有的结局吗？如果不是，那就是不可避免的？

盖尔提着一只像妖怪一样冒着蒸汽的水壶。这是个新的水壶，不是架子上那个溃烂的破旧玩意儿。新的水壶取代了旧的。

"我找不到她了，盖尔。"

她拍拍我："你去哪儿找了？"

"所有能找的地方。她不见了。"

"人们不会凭空消失。"

"当然会。露易丝曾凭空出现，现在她回去了。不管她在哪里，我都去不了。"

"如果你可以去呢？"

"我会去的。如果我相信来世,我今晚就会跳进那条满是鳟鱼的河里了。"

"别这样。"盖尔说,"我不会游泳。"

"你觉得她死了吗?"

"你觉得呢?"

"我找不到她,甚至连找到她的希望都没有。就好像露易丝从未存在过,就好像她只是书里的一个人物。她是我杜撰出来的吗?"

"不,但是你曾试图这样做,"盖尔说,"她不是按你的意图生活的人。"

"你不觉得奇怪吗?生命被描述得丰富多彩,如一条充满冒险的骆驼之路①,可最后竟缩成硬币大小的世界。一面是头像,另一面是故事,讲述你爱的人和经历的事情。你摸摸口袋,里面只有这个。最显眼的是某个人的脸。你的手上除了她,还印有其他什么吗?"

"这么说,你还爱她?"

"全心全意。"

---

① 英国康沃尔郡一条废弃的铁路,后重新铺就,为徒步者、自行车运动爱好者和骑马爱好者提供娱乐消遣。

"那你会怎么做?"

"我能怎么做?露易丝曾经说过:'是陈词滥调惹的祸。'你想要我怎么回答你?说我会好起来的?这是正确的做法,是吧?时间是最好的麻醉剂。"

"我为你感到难过。"盖尔说。

"我也是。我希望能够告诉她真相。"

露易丝的脸庞从厨房门后探出。她比以前更苍白、更瘦削,但是头发依然浓密蓬松,颜色如血。我伸出手去抚摸她的手指,她握住了我的手指,把它们放到嘴边。嘴唇下面的伤疤灼伤了我。我是不是彻底疯了?她是温热的。

这里是故事开始的地方,在这间破旧的屋子里。墙壁即将坍塌。窗户变成了望远镜,在这间屋子里,月亮和星星更加闪耀。太阳悬挂在壁炉上。我伸出手,触碰到世界的角落。世界被束缚在了这间屋子里。我们将在门外,在河流所在处,道路所在处。我们走的时候可以带上世界一起,可以把太阳挂在你的胳膊上。快点吧,天色已晚。我不知道这是不是完美的结局,伹此刻的我们正在辽阔的田野里自在同行。

图书在版编目（CIP）数据

写在身体上 /（英）珍妮特·温特森著；周嘉宁译
. -- 北京：北京联合出版公司，2020.1（2024.11 重印）
ISBN 978-7-5596-3427-6

Ⅰ.①写… Ⅱ.①珍… ②周… Ⅲ.①长篇小说－英国－现代 Ⅳ.① I561.45

中国版本图书馆 CIP 数据核字 (2019) 第 142530 号

著作权合同登记 图字：01-2019-3914
For the Work entitled WRITTEN ON THE BODY
Copyright © Jeanette Winterson 1992
Translation copyright © 2019, by Thinkingdom Media Group Ltd

写在身体上

作　　者：[英]珍妮特·温特森
译　　者：周嘉宁
责任编辑：龚　将　夏应鹏
特邀编辑：李　爱　刘丛琪
营销编辑：梁　颖　王蓓蓓
封面设计：韩　笑
内文排版：杨兴艳

北京联合出版公司出版
（北京市西城区德外大街83号楼9层　100088）
新经典发行有限公司发行
电话（010）68423599　邮箱 editor@readinglife.com
河北鹏润印刷有限公司印刷　新华书店经销
字数 126 千字　850 毫米 ×1168 毫米 1/32　8 印张
2020 年 1 月第 1 版　2024 年 11 月第 5 次印刷
ISBN 978-7-5596-3427-6
定价：49.00 元

版权所有，侵权必究
未经书面许可，不得以任何方式转载、复制、翻印本书部分或全部内容。
本书若有质量问题，请与本公司图书销售中心联系调换。电话：010-68423599